Sándoreis Weg

BOOKS on DEMAND

Ich widme die Erzählung Sándorei und ihrem Sohn, die früh getrennt wurden und Jahrzehnte später wieder zusammenfanden. Ich danke ihr, dass sie mir ihre Geschichte erzählt hat. Sie steht stellvertretend für eine Generation, die in zwei Weltkriegen gelitten hat. Eine Generation, die nach dem Krieg dieses Land wieder aufgebaut hat. Eine Generation, der man Achtung und Mitgefühl entgegenbringen und Zeit widmen sollte.

Bernd Rosarius

Sándoreis Weg

Eine Erzählung

*Bibliografische Information der Deutschen National-
bibliothek:
Die Deutsche Nationalbibliothek verzeichnet diese
Publikation in der Deutschen Nationalbibliografie;
detaillierte bibliografische Daten sind im Internet
über http://dnb.dnb.de abrufbar.*

© *2015* **Bernd Rosarius**

*weitere Mitwirkende:
Foto im Cover:* **Pixabay.com**

*Herstellung und Verlag: BoD – Books on Demand,
Norderstedt*

ISBN: 978-3-7392-1707-9

Ich gedenke meinem kürzlich verstorbenen Freund Siegfried, der mich nach der Wende in der damaligen DDR mit dem Sohn und seiner Mutter Sándorei zusammenbrachte. Sie erzählte mir ihre Geschichte, die mich faszinierte, bisweilen sprachlos machte und mir schlaflose Nächte bereitete.
Ich verlor einen Freund. Einen besseren hätte ich nie finden können. Siegfried wird mir fehlen!

Bernd Rosarius

Prolog

Nach fünf Stunden Autofahrt kam ich in Chemnitz an. Als ich die kleine schmale Straße zu einem einsam gelegenen Haus fuhr, stieg meine Nervosität. Straße und Haus durfte ich nicht nennen, darum bat man mich sehr eindringlich. Diesem Wunsch entsprach ich, denn ich wollte mit dieser Frau unbedingt ein Gespräch führen. „Wenn sie nach Karl Marx Stadt kommen, dann fahren sie …". Das waren die ersten Worte, die ich von ihr am Telefon hörte, und ich musste lächeln, weil sie sich immer noch nicht an den Namen „Chemnitz" gewöhnen konnte. Es sollte kein Interview werden. Sie sollte erzählen und ich wollte zuhören. Ich musste mir Klarheit verschaffen. Lange habe ich daraufhin gearbeitet. Wer war sie? Eine Frau von neunzig Jahren. Ihr Sohn Michael war der Freund meines Freundes Siegfried, mit dem ich seit der Wende eng verbunden war. Michael musste seine Mutter überzeugen, mir ihre Geschichte zu erzählen. Von der Straße aus wirkte das Haus sehr klein, doch als ich näher kam, musste ich feststellen, dass das Anwesen größer war, als ich angenommen hatte. Moderne Technik wie Sprechanlage, Videoüberwachung und Flutlichtquellen waren abgeschaltet. Die Eingangstür stand etwas offen – schließlich hatte man mich erwartet. Ein stattlicher Mann trat aus dem Schatten ans Licht und füllte den Türrahmen komplett aus. „Ich grüße dich", rief er mir freundlich zu, ohne auf den klassischen Händedruck zu warten. „Geh weiter, meine Mutter ist im Wohnzimmer. Was möchtest du trinken?" „Wenn ich eine Tasse Kaffee bekomme könnte?" Ich ging also ein paar Schritte weiter und sah eine kleine Frau mit langen weißen Haaren im Rollstuhl sitzen. Ihr faltenloses Gesicht verriet nicht ihr hohes Alter. Auch sie begrüßte mich freundlich und bot mir einen Stuhl direkt an ihrer Seite an. „Was wollen Sie denn zuerst wissen?" Ihre Frage überraschte mich nicht, denn ich war auf alles vorbereitet. Der Mann, der mir kurz nach meinem Eintreffen den Kaffee reichte, war ihr Sohn Michael, dessen Lebensgeschichte schon allein ein Buch füllen würde. Ich wollte unbedingt das Gespräch mit seiner Mutter führen, wollte die Lebensgeschichte aus ihrem Munde hören. „Sie nannten sich Sándorei. Wie sind Sie zu dem Namen gekommen? Was für eine Bedeutung hat dieses Pseudonym für sie?" „Mein richtiger Name lautet Judith Margareta Luise Stomsky. In der Schule rief man mich Judith und später nur noch Stommy. Mit fünfzehn Jahren lernte ich einen Ungar kennen, der war damals schon zwanzig Jahre alt und hatte den typischen ungarischen Vornamen Sándor. Er war für mich – nicht zuletzt aufgrund des Altersunterschieds – das erste große Vorbild. Ich kannte meinen Vater nicht, denn er ging fort, als meine Mutter mit mir schwanger war. Sándor war ein Mann, zu dem ich aufblicken konnte. Er war gebildet, belesen und steckte voller Ideen in der damals problematischen Zeit. Das war 1925! Sándor träumte von friedlichen Zeiten, von einer demokratischen Gesellschaft, von Gleichheit der Geschlechter und von der Verteilung des Volksvermögens. Alle

Menschen sollten die gleiche Rechte bekommen, und die erworbenen Güter sollten gerecht aufgeteilt werden. Er erzählte mir von Karl Marx, von Rosa Luxemburg und Karl Liebknecht. Er brachte mich mit der KPD zusammen und mit der deutschen Gewerkschaftsjugend. Doch besessen war ich von einer Frau, von Rosa Luxemburg, die ich leider leibhaftig nicht mehr hören konnte, denn sie war tot. Aber ihr Geist lebte. Sie war aktiv in der polnischen und deutschen Sozialdemokratie tätig und galt als große marxistische Theoretikerin und Antimilitaristin. Ich las ihre Schriften in der Leipziger Volkszeitung und ihre Texte, die sie als Herausgeberin der ,Roten Fahne' verfasste. Vielleicht war ich so besessen von ihr, weil ich sie als Genossin im Kampf gegen eine von Männern dominierte Gesellschaft ansah. Doch ausschlaggebend für meine Begeisterung für eine neue Weltordnung waren die überzeugenden Argumente von Sándor. Wir blieben drei Jahre zusammen. Während dieser Zeit trat ich in die KPD und in den Deutschen Gewerkschaftsbund ein. Bei jedem Aufmarsch militanter Gruppierungen demonstrierten meine Freunde auf der Straße und verteilten ihre selbst verfassten Schriften aus der eigenen Kellerdruckerei. Ich machte mit, verteilte Handzettel und hielt mir die Ohren zu, wenn Marschmusik erklang und ich die gleichmäßigen Tritte der Soldatenstiefel hörte. Ich merkte nicht mehr, wie sehr ich mich radikalisierte. Sándor verstand es geschickt, mich zu manipulieren. Er war zudem meine erste große Liebe, ohne dass wir uns körperlich nahestanden. Er hatte die Schrift ‚Ich klage an' von Émile Zola, die dieser während der Affäre Dreyfus veröffentlicht hatte, zum Anlass genommen, um mit eigenen Texten seine Wut zu verstärken. Zola war ein großer französischer Romancier des neunzehnten Jahrhunderts. Sándor war ein glühender Verehrer von ihm und seinen Schriften, solange es um die Kritik an der regierenden Obrigkeit ging. Die Kampfschrift von Sándor konnte nicht beendet werden. Sándor wurde während einer Demonstration durch einen Querschläger erschossen. Für mich brach eine Welt zusammen. Tagelang schloss ich mich in mein Zimmer ein, aß und trank kaum etwas. Sándors Freunde standen fest an meiner Seite und holten mich zurück ins Leben. Nun wollte ich die Schrift meines Freundes vollenden – aber unter meinem Namen. Meine Freunde rieten mir, ein Pseudonym zu wählen. In Gedenken an Sándor wollte ich seinen Namen benutzen und vielleicht durch ein weibliches Attribut ergänzen. ‚Sándora' konnte ich nicht wählen, den Namen gab es schon. Ein Freund rief mir zu:

‚Die Welt ist eine Schweinerei
Sándor wusste das genau,
nenne dich doch Sándorei,
Sándor ist jetzt eine Frau.'

Unser Dichter in der Gruppe hatte den Nagel auf den Kopf getroffen. Von dem Tage an nannte man mich ‚Sándorei'. Unter diesem Namen veröffentlichte ich meine Schriften, und die erste Schrift war – wie konnte es auch anders sein? – ‚Ich klage an.'" Ich wollte dieser betagten Dame, die jetzt unter dem Namen ‚Judith' für mich existent war, eine Sprechpause gönnen. „Großartig", hörte ich mich sagen, „Sie erzählen wunderbar, und wir sind schon mitten in ihrer Geschichte. Wenn es Ihre Kraft zulässt, erzählen Sie bitte weiter." Judith lächelte und antwortete: „Na ja, das war nur die Geschichte meines Namens und meines Freundes Sándor. Als ich älter war, erfahrener, reifer, habe ich die Zeit mit Sándor realistischer gesehen. Meine Vorstellungen und Träume wurden gefiltert, und was übrig blieb, war Grausamkeit. Sándor war ein Träumer, und ich wollte eine Jeanne d'Arc sein, die an der Spitze ihrer Getreuen den Kampf gegen Ungerechtigkeit führt und die Schlacht heldenhaft und siegreich beendet. Das war auch nichts anderes als ein Traum. Meine Mutter hatte vehement versucht, mich von Sándor zu trennen, was ihr natürlich nicht gelang. Meine Mutter war zufrieden mit Sándors Ende. Das verzieh ich ihr nie. Ich entwickelte allerdings etwas Verständnis für sie, nachdem ich selbst Mutter geworden war. Der Bruch mit ihr stand damals

unmittelbar bevor – aus unterschiedlichen
Gründen.

Von Chemnitz nach Berlin

Sándor war umgeben von vielen Freunden – nicht nur politisch gleichgesinnten, sondern echten Freunden. Sein Tod erschütterte die gesamte treue Gefolgschaft. Tränen flossen, Gedächtnisabende wurden eingeführt, und einige Freunde hatten sich radikalisiert. Ich versuchte, meine Schrift unter die Leute zu bringen, fand aber wenig Verständnis. Ein junger Mann stand mir gegenüber und schrie mich an: „Kann ich dein Pamphlet essen? Schau dich um, wie die Menschen hungern! Und du willst ihnen politisch-geistige Nahrung geben. Werden sie davon satt? Schäme dich!" Einen Augenblick hielt ich inne und dachte nach. So ganz Unrecht hatte er nicht. Nach dem verlorenen Weltkrieg kamen die Reparationspflichten auf uns zu, die dieses Land auf Jahrzehnte lahm legen würden. Die Wirtschaft lag jetzt schon am Boden. Die Arbeitslosigkeit war hoch, und die Menschen standen Schlange vor der Essensausgabe. Mütter weinten auf den Straßen, weil sie ihren Kindern keine Nahrung geben konnten. Die Männer brauten sich ihre Schnäpse selbst zusammen und ertranken ihren Kummer im Suff. Das Selbstwertgefühl der Männer war zerstört, denn sie konnten ihre Familien nicht mehr ernähren. Ich klemmte mir das Manuskript unter den Arm und marschierte zum Versammlungssaal. Dort saßen Sándors Freunde und diskutierten über die Veränderung der Welt. Ein neuer saß in der Runde, den ich zuvor noch nie gesehen hatte. Die Freunde stellten mich dem Neuen vor, und dieser ergriff sofort das Wort. „Mein Name ist Richard, ich komme aus Berlin und besuche Freunde hier in Chemnitz. Mein Vetter Roman hat mich mitgenommen." Ich nickte kurz, setzte mich zwischen Freddy und Hans und erzählte von dem jungen Mann, der mich angeschrien hatte. „Siehst du", rief Freddy, „das ist es. Die Menschen sind unaufgeklärt, sie brauchen eine geistige Erneuerung." „Und? Macht das satt?" Richard aus Berlin hatte sich mit diesem Einwand zu Wort gemeldet. Seine Worte erinnerten mich an die Rufe des Fremden auf der

Straße. „Es ist richtig, dass die Menschen keinen Krieg mehr wollen. Der Weltkrieg war verheerend. Den Krieg, den sie jetzt ausfechten müssen, ist genauso verheerend. Sie haben Angst vor dem Hungertod. Nehmt doch mal folgendes Beispiel: Ein völlig unpolitischer Mensch möchte arbeiten, um seine Familie zu ernähren. Erst nimmt man ihm die Arbeit weg, dann das Essen für seine Familie. Nun steht er vor seinen weinenden Kindern und muss ihnen erklären, warum das so ist. Dann kommt plötzlich ein Geisteswissenschaftler daher und versucht, ihm eine neue, zukunftsorientierte Ideologie einzupflanzen. Ein anderer kommt daher und behauptet, wenn die Menschen bekämpft würden, die ihm dieses Leid zugefügt haben, gehe es immer besser und er bekomme wieder Arbeit und Essen. Was glaubt ihr? Wie würde sich dieser Familienvater entscheiden?“ Ich sah Richard erstaunt an. Der junge Mann an unserem Tisch, den so richtig niemand kannte, tat sich ständig mit interessanten Gedanken hervor. Er fiel mir besonders auf – nicht nur, weil er gut argumentieren konnte, sondern weil er auch sehr braungebrannt war. Er war ein hübscher junger Mann. Meine Freunde am Tisch konnten ihn nicht so richtig einschätzen, weil seine Gedanken nicht Schritt hielten mit den wortreichen Sehnsüchten aller Beteiligten. Auf seine Frage mit dem Familienvater erhielt er keine Antwort. War er ein Gewerkschafter, ein Kommunist oder ein Konservativer? Welche Einstellung vertrat er? Es gab für uns andere Probleme, als uns mit dem Neuankömmling zu beschäftigen. Dennoch musste ich ihn mir immer wieder ansehen. Er war attraktiv, hatte schwarzes, nach hinten gekämmtes Haar und versprühte einen ungeheuren Charme. Er war anders als die meisten meiner Mitstreiter, die sich aufs Heftigste mit Worten duellierten. Die einen hatten die Nase voll vom kriegerischen Getue, sie hatten den Ersten Weltkrieg noch im Kopf und lehnten jede Marschmusik ab. Andere, wie zum Beispiel der Richard aus Berlin, den ich überaus sympathisch fand, argumentierte mit dem Gegenteil. Für ihn war die Anpassung wichtig, damit die Menschen nicht mehr leiden mussten. Wir hatten aber zurzeit keine klare Regierungsform, sondern ein politisches Durcheinander. Die Weimarer Republik, das zarte Pflänzchen einer neuen Demokratie, wurde nicht von jedem Bürger befürwortet. Auf der Straße wurde es gefährlich. Man konnte schon nicht mehr zwischen Freund und Feind unterscheiden. Es wurde viel geschossen, und überall lagen die Toten auf der Straße herum. Wir hier am Runden Tisch wollten dieses Land positiv verändern. Es gab zu viele unterschiedliche Parteien mit unterschiedlichen Ideologien. Am Ende unserer Versammlung hatte mich Richard gefragt, ob ich mit ihm einen Kaffee trinken würde im gegenüberliegenden Kaffee. Ich war nicht abgeneigt. Er nahm mich schützend an die Hand, während wir die belebte Straße überquerten. Wir saßen lange im Café, redeten, und hielten uns dabei an der Hand. Ich hatte mich erstmals seit Sándor wieder verliebt. Wir wollten uns aber nicht von Gefühlen leiten lassen, sondern unser Ziel war es, die Gesellschaft zu verändern.

Dabei hatten wir unterschiedliche Träume und Vorstellungen. Richard sagte zu mir: „Was willst du hier in Chemnitz? Du musst an die politische Quelle, und die ist zwangsläufig in der Hauptstadt Berlin." Dann erzählte er mir von den Vorzügen dieser großen Weltstadt. Irgendwie hatte er recht: Wollte man etwas verändern, müsste man dorthin gehen, wo das Herz schlägt. Hier in Chemnitz hatte ich meine Freunde, hier war mein Zuhause. An den nächsten Tagen gingen mir die Worte von Richard immer wieder durch den Kopf. Ich war hin- und hergerissen von dem Gedanken, nach Berlin zu gehen. So richtig entschließen konnte ich mich aber nicht. Diese Entscheidung wurde mir abgenommen. Einerseits war es der Streit mit meiner Mutter, die grundsätzlich nicht damit einverstanden war, was ich tat, und andererseits drifteten meine Freunde stark auseinander. Es war für mich schockierend, mit ansehen zu müssen, wie sich das einst einheitliche Lager spaltete. Überall konfrontierte man mich mit dem neuen Nationalgefühl, mit dem neuen Deutschland,

mit der Wiedergeburt des stolzen Volksgenossen, mit der Arroganz des Übermen-
schen. Diese Konfrontation erlebte ich
auch unmittelbar in meinem Umfeld.
Auch mein neuer Freund Richard schien
diesen Parolen etwas Positives abzuge-
winnen. Ich wollte mich nicht zwischen
den Fronten zermahlen lassen und strebte
gedanklich nach Berlin. Mein Pamphlet
war durchdacht, hatte ein Konzept. Dafür
wollte ich seriöse Mitstreiter gewinnen.
Ich telefonierte mit der Gewerkschaftszen-
trale in Berlin, kündigte mein Kommen
an und bat darum, mir eine Unterkunft zu
besorgen. Das Angebot von Richard, bei
ihm zu wohnen, lehnte ich ab. Wir trafen
uns hin und wieder, gingen auch zusammen ins Bett. Ansonsten versuchten wir,
eigenständig zurechtzukommen. Wie es
im Leben so ist – man verliert sich aus den
Augen. In Berlin habe ich Richard vielleicht ein- oder zweimal gesehen, weil wir
beide versuchten, irgendwie beruflich Fuß
zu fassen. Unsere frische Liebe war nicht
so stark gefestigt, dass sie unsere Aufgaben und Ziele in die zweite Reihe gescho-

ben hätte. Wir wollten etwas verändern. Etwas Geld verdiente ich mir als Schreiberling in einem Textilkontor. Diese Arbeit verdankte ich der Gewerkschaft und fühlte mich ihr gegenüber auch verpflichtet. So wurde meine Schrift in der Broschüre des Allgemeinen Deutschen Gewerkschaftsbunds veröffentlicht. Es waren furchtbare Tage, denn ich spürte immer stärker den Rechtsradikalismus und den aufkommenden Nationalsozialismus. Wir mussten uns verstecken, im Untergrund weiterarbeiten und mit Flugblättern daran erinnern, dass sieben Millionen Arbeitslose hungern mussten. Es wurde immer brutaler, die Menschen klopften nicht mehr an die Türe, sondern traten sie gleich ein. Sie fühlten sich als neue Soldaten, nur weil sie einen Stahlhelm trugen. Wer ihre Auftraggeber waren, wussten wir zu der Zeit noch nicht. Die Welle der Begeisterung, die uns schließlich überraschte, hatte ihre Ursache darin, dass ein Mann mit kleinem Bart unter der Nase brüllend ein neues Zeitalter verkündete. Ich bekam Schüttelfrost angesichts der Tatsache, dass immer mehr

Männer – mit Stiefeln bekleidet und laute Marschgesänge skandierend – die Straßen bevölkerten. Das Zauberwort für die Zukunft hieß „Deutschland den Deutschen". Einen dieser begeisterten sogenannten Soldaten in brauner Uniform habe ich dann einmal gefragt: „Was ist denn mit den Nichtdeutschen oder besser gesagt mit unseren ausländischen Gästen?" Er sah mich seltsam an, seine Augen funkelten, und er antwortete voller Hass: „Weg damit, sind sowieso alles nur Juden." Ich hatte mich furchtbar erschrocken und bekam Angst. Es wunderte mich auch nicht, dass es plötzlich keine öffentliche Gewerkschaftssitzung mehr gab und auch keine Zeitung. „Was sollen wir denn machen?", habe ich gefragt und bekam die lakonische Antwort: „Verstecken, auswandern oder im Untergrund die eigene Gesundheit ruinieren." Hitler war da, seine Schergen verteilten sich in Windeseile über das Land. Menschen verschwanden, „der Jude" wurde zum Volksfeind Nummer eins erklärt. Weil ich der Gewerkschaft angehörte und der SPD nahestand, verlor ich meine Stellung im Textilkontor. Luxemburg und Liebknecht hatte ich nie kennengelernt, aber ihr Schicksal war mir gegenwärtig. Auch ich musste nun um mein Leben fürchten. Es gab keine Freunde mehr. Jeder war auf sich allein gestellt. Da sich das meiste Unglück in Berlin konzentrierte, dachte ich kurzfristig daran, wieder nach Chemnitz zu gehen. Daran wurde ich sehr unsanft gehindert. Als ich am Bahnhof Zoo den Zug besteigen wollte, befahlen mir zwei in Ledermäntel gekleidete Gestapomänner, ihnen auf die Wache zu folgen. Sie hatten unsere Gewerkschaft schon lange im Auge gehabt und die führenden Mitglieder beobachten lassen. Ich wurde auch verfolgt, weil man meine Anklageschrift, die sich gegen jede Art von Militarismus richtete, als Volksverhetzung und Volksverdummung angesehen hatte. Ich sei, so hieß es in der Anklageschrift der GESTAPO, eine Gefahr für das neue Deutschland. Ich wurde verhaftet und kam in das KZ Oranienburg. Was hatte ich nun erreicht mit meinem Gang nach Berlin? Einige Jahre der Hoffnung auf eine bessere Zeit und dann plötzlich der Sturz in eine ungewisse dunkle Zukunft. Es gab keine Demokratie mehr. Der Reichkanzler Adolf Hitler stand einer gewaltbereiten, menschenverachtenden Diktatur vor. Ich hatte furchtbare Angst. Es war das Jahr 1933.

Heimat ade

Ich wurde eingesperrt und täglich verhört. Die Verhöre fanden am Tag zu unregelmäßigen Zeiten statt und natürlich auch nachts. Es war ein unangenehmer Verhöroffizier, der versuchte, Namen von Freunden, Verwandten und Bekannten aus mir herauszupressen. Er roch zudem säuerlich nach Schweiß. Wenn ihm meine Antworten nicht gefielen, trat er den Stuhl unter meinem Gesäß weg, sodass ich unsanft auf dem Boden landete. Er schlug mir auch ins Gesicht. Meine Augen und Lippen schwollen an. Nachts lag ich in meiner Zelle auf einem Strohballen bei eingeschalteten Licht. Ich kann nicht darüber reden, es war einfach grauenvoll. Ich hätte alles getan, um dieses Martyrium zu beenden. Nur meine Freunde hätte ich niemals verraten. Ich zählte die Tage nicht mehr. Waren es Wochen oder Jahre, die ich in Oranienburg verbracht hatte? Ich wurde als ‚Gewerkschaftsschlampe' und als ‚Nutte' beschimpft – das waren noch vergleichsweise feine Bezeichnungen. Ich konnte keine Tränen mehr vergießen, ich wollte sterben. Ich betonte die Genfer Konvention und den Status der Menschenrechte. Das waren jedoch Werte, die mein Verhöroffizier nicht kannte. Er lachte nur und meinte, er persönlich würde über Menschenrechte entscheiden, und diese gelten nur für deutsche Nationalsozialisten. Ich musste die Demütigungen ertragen. Seine vulgären Bemerkungen zu meinem Status als Frau waren an niederschmetternder Gemeinheit kaum zu überbieten. Es war, glaube ich, an einem Sonntagmorgen, als meine Zellentür aufgeschlossen wurde und die Aufseherin mich anschrie: „Du wirst verlegt. Wisch dein Gesicht und komm mit!" Wohin sollte ich verlegt werden? Wie in Trance folgte ich der Aufseherin in einen kleinen Extraraum. Dort standen ein Tisch, zwei Stühle und eine Stehlampe. Auf dem Tisch lag ein Protokoll, das sah ich schon von weitem. „Unterschreib das?", rief die Aufseherin, die ebenfalls nach Schweiß stank. „Da steht drin, dass du hier anständig behandelt wurdest. Wenn du das nicht unterschreibst, bist du so gut wie tot." Trotz meiner Schwellungen musste ich lächeln. Natürlich unterschrieb ich den Zettel. Meine Augen waren geschwollen, sodass ich nicht richtig erkennen konnte, wer den Raum betrat, um mich abzuholen. Es war ein Offizier der SS. Er sagte mit fester Stimme zur Aufseherin. „Wer hat die Frau so zugerichtet?" Die Aufseherin antwortete kalt: „Sie ist die Treppe runtergefallen." Wütend fasste der Offizier die Frau an den Arm: „Wenn du noch einmal so einen Schwachsinn erzählst, dann werfe ich dich die Treppe runter! Nun geh los und beschwer dich! Wem glaubt man mehr – einem Offizier der Garde des Führers oder einer schwachsinnigen Aufseherin? Hau ab und lass mich mit der Frau allein!" Die Aufseherin drehte sich mit hochrotem Kopf um und verschwand im dunklen Flur. Der Offizier schloss die Tür. Er drehte die Birne aus der Deckenlampe, prüfte die Fassung, sah sich weiter im Raum um und kam mir dann sehr nahe. „Wir werden hier nicht abgehört. Sag bitte keinen Ton. Ich bin es: Richard, Offizier der Waffen

SS." Ich erschrak, rückte von ihm ab und schüttelte den Kopf. Er fuhr unbeirrt fort. „Ich hole dich jetzt hier raus. Ich habe einen Diplomatenpass auf deinen Namen, Bild ist auch schon drin. Ich fahre dich zur Grenze und setze dich in den Zug nach Schlesien. Von dort aus bringt ein Bekannter dich nach Russland. Deine kommunistischen Freunde nehmen dich dort in Empfang. Ich habe alles organisiert." Ich fragte verdutzt: „Warum trägst du diese Uniform?" Er antwortete: „Weil ich immer auf Seiten der Sieger stehen will. Du kennst mich. Frag nicht länger, komm jetzt." Willenlos folgte ich einem Mann, den ich einmal geliebt hatte und der jetzt auf der Seite meiner Feinde stand. Ich wollte raus aus diesem Martyrium und war froh, dass er hier war – in welcher Uniform auch immer. Trotz meines geschwollenen Gesichtes konnte ich genau erkennen, wie hörig die Menschen Richard waren. Sie salutierten, beugten ihre Häupter und riefen: „Wir werden siegen, Herr Offizier!" Wen und was sie besiegen wollten, sagten sie nicht. Die Uniform meines Begleiters war der Freifahrtschein durch eine komische und mir unwirklichen Zeit. „Warum trägst du diese Uniform?" Immer wieder stellte ich ihm diese Frage und erhielt stets die stereotype Antwort: „Der Führer wird endlich dafür sorgen, dass unsere Volksgenossen wieder frei sind – frei von den Zwängen der Reparationszahlungen, frei von der Abhängigkeit von Zweit- und Drittstaaten, frei für ein neues Tausendjähriges Reich." „Du glaubst wirklich daran", sagte ich leise, kaum hörbar, mehr zu mir selbst. Richard erzählte mir von der Zukunft, malte ein rosarotes Bild und war stolz auf diesen kleinen Mann mit dem Nasenbart, den alle „mein Führer" nannten und der den Status eines Messias hatte. Mich ängstigte weniger dieser Mann als das Volk, das seine Eigenständigkeit verloren hatte. Noch mehr wunderte ich mich über die Intellektuellen, die ihren Verstand ausgeschaltet hatten. „Wie hast du mich frei bekommen?" Richard lachte. „Ich habe ein Schreiben von oberster Stelle, genügt das als Erklärung?" Ich schwieg, denn ich war froh, in Freiheit zu sein.

Freund oder Feind?

Ich schüttelte den Kopf. „Und warum hat man mich eingesperrt?" „Weil du das Gegenteil dessen verkörperst, was die Mehrheit des Volkes will. Du gehst nicht mit in die neue Zeit. Du willst kein Militär, also auch keine Sicherheit. Du willst, dass alle Menschen das Gleiche bekommen, ob sie arbeiten oder nicht. Deine Pamphlete haben dich in diese Lage gebracht." Ich schwieg, denn eine Grundsatzdiskussion mit ihm zu führen war jetzt nicht angebracht. Ich war froh, dieser Hölle entkommen zu sein. Immer wieder wurden wir angehalten und mussten die Papiere kontrollieren lassen. Kontrollen gab es früher an den Landesgrenzen, heute schon an jeder Hauptstraße, wobei die Autobahnen hauptsächlich gemeint waren, denn nach Richards Weltanschauung ist das überhaupt die Errungenschaft der Gegenwart. „Wenn die Schnellstraßen erst einmal gebaut sind, dann bewegt sich das Volk in ihrem eigenen Volkswagen durch das Land. Was für eine herrliche Zukunft!" Richard sinnierte laut über das neue und zukünftige Deutschland. Ich hatte Kopfschmerzen, lehnte mich zurück und schloss die Augen. „Ich liebe dich noch immer", hörte ich Richard sagen. Doch im gleichen Atemzug folgte seine Einschränkung: „Leider sind wir zu unterschiedlich und haben keine Chance auf ein gemeinsames Leben." Es vergingen einige Stunden, bis wir endlich an der Grenze waren. Richard gab mir einen Passierschein, der mich als deutsche Diplomatin auswies und mit dem ich alle Kontrollen auf deutscher Seite umgehen konnte. „In Kattowitz steigst du aus und wirfst deinen Diplomatenpass weg oder verbrennst ihn. Die Polen werden sie dir einen Passierschein, so eine Art Flüchtlingsausweis geben. Damit kannst du als Flüchtling über die russische Grenze. Deine Freunde nehmen dich in Königsberg in Empfang. Hast du alles genau verstanden?" Ich nickte. „Gut Sandi, dann lebe wohl." Richard machte Anstalten, mich zu Umarmen und zu küssen. Er vollendete seinen Versuch nicht, dafür nahm ich ihn in den Arm, küsste ihn auf den Mund und sagte: „Danke Richard, dieser Kuss ist für den Richard, den ich kannte, nicht für den in dieser Uniform." Richard hatte alles perfekt organisiert. Ich wurde reibungslos weitergereicht und kam ungehindert in Königsberg an. Bei einem Manfred Schmittger sollte ich mich melden und suchte im Stadtgebiet erst die Hauptstraße und dann die Nummer 162. Herr Schmittger war ein deutscher Emigrant, der aber schon einige Jahre in Russland lebte und in der deutschen Kolonie eine kommunistische Plattform führen sollte. Diesen Herrn Schmittger kannte Richard aus früheren Berliner Zeiten. Ich war müde vom langen Laufen und froh, als ich das Haus älteren Baujahres fand. „Schmittger" stand auf dem Namensschild. Ich klingelte sehr ungestüm. Die Tür öffnete sich. Ich ging die Treppe hinauf. Von einem Herrn Schmittger sah ich nichts, vielmehr begrüßten mich zwei Männer in schwarzen Ledermänteln sehr unfreundlich. Sie gaben mir durch einen Dritten, einen Dolmetscher, zu verstehen, dass ich verhaftet sei. „Warum?", wollte ich wissen. „Ich bin vor den Nazis geflohen und hoffe auf das Bleiberecht bei meinen politischen Freunden. Ich bin eine ehrbare Kommunistin." „Ehrbar", lachte der eine Ledermantelträger. „Das ist ein Witz. Sie sind eine Spionin, sind mit einem Offizier der Naziriege befreundet, und der hat Sie als Spionin hierher geschickt. Ihre Freunde sind weg, die haben wir in den Sommerurlaub geschickt." Ich überhörte diese ironische Bemerkung, dafür wurde ich zum Abtransport unsanft in den bereitstehenden Kastenwagen verfrachtet. Wohin die Fahrt gehen sollte, sagte man mir nicht. Ich war noch nicht einmal geheilt von meinen Wunden, die ich im deutschen KZ erlitten hatte, da saß ich schon wieder in einem vergitterten Fahrzeug und wurde, wie sich später herausstellte, nach Moskau gefahren. Einen deutschen Diplomatenbeistand bekam ich nicht, weil ich eine deutsche Staatsfeindin war. Einen russischen Anwalt, der mich beraten konnte, bekam ich auch nicht. Ich hatte keinen Freund an meiner Seite, keine vertraute Person, die mir Hoffnung geben konnte. In Moskau kam ich direkt zum Leiter der NKWD (Volkskommissariat für innere Angelegenheiten) zum Verhör. Doch dieser Mann nahm sich nicht lange Zeit. Er musterte mich kurz, stellte keine Fragen, ließ mich nicht reden, sondern sagte zu seinem Assistenten: „Ab nach Omsk." Was dann kam, kann ich kaum in Worte fassen. Im Gulag wurden meine Personalien festgestellt, Fotos für die Akten erstellt, Fingerabdrücke genommen. Ich wurde geduscht, desinfiziert. Mir wurden alle Körperhaare entfernt. Das alles geschah auf entwürdigende Weise. Nicht einmal den Lagerleiter bekam ich zu Gesicht. Viel später erst stand ich ihm gegenüber. Er war ein kleiner ungepflegter Mann namens Jurij, der ebenso säuerlich nach Schweiß roch wie die Aufseherin in Deutschland. Jeder Neuankömmling kam erst einmal in eine Stehzelle. Dort konnte man nicht sitzen. Man musste stehen. Es übermannte einen die Schwäche, man rutschte in die Knie und wurde beim nächsten Besuch vom Wächter wieder auf die Beine gestellt. Später wurde ich in eine Sammelzelle gebracht. Dort musste man vorsichtig sein, weil sich unter den Insassen viele Spitzel befanden. Mir war überhaupt nicht klar, warum ich verhaftet worden war. Deutschland und Russland standen sich nicht kriegerisch gegenüber. Im Gegenteil: Es gab den Hitler-Stalin-Pakt, und man hatte sich schon auf die Teilung Polens geeinigt. Warum musste ich als Deutsche so behandelt werden? Ein Mithäftling bei der Essensausgabe hatte mich aufgeklärt. Deutschland besaß ein faschistisches Regime, und gerade diesem Faschismus traute man nicht. Am Schlimmsten waren Spione oder eingeschleuste Propagandaschriften, die nur einem Ziel dienten: das große stolze Mütterchen Russland zu untergraben. Spione waren das Krebsgeschwür in dem Wettstreit der Nationen. Ich musste nun eine Spionin sein, wenn ich schon von einem Offizier dieses Klassenfeindes ins Land geschleust wurde. Das Gegenteil hätten meine Freunde beweisen können, doch die waren weit und breit nicht zu sehen. Es dauerte eine kleine Weile, bis ich mich mit den Zuständen arrangiert hatte. Mir blieb nichts anderes übrig. Ich kann nicht lange über diese Zustände sprechen, sie bringen mich an die Grenze des Wahnsinns. Als Neuankömmling glaubte man von mir, dass ich noch genügend Kraft hätte, um auf den Feldern der Kolchosen zu arbeiten. Schon am nächsten Tag schickte man mich raus ins Feld. Es war keine leichte Arbeit. Wir mussten mit primitiven Hacken, die ständig abbrachen und neu geflickt wurden, den steinharten Boden bearbeiten. Bei jeder gebrochener Hacke bekamen wir weniger zu essen. War die Furche nicht tief genug gezogen, bekamen wir keine Nahrung. So oder so war die Ernährung dürftig und das Wasser knapp. Trotz allem war ich froh, dass ich draußen arbeiten durfte. Es gab mir Gelegenheit, den Himmel zu sehen, frische Luft zu atmen und mich hin und wieder mit Menschen zu unterhalten. Meine zweite Beschäftigung war, Russisch zu lernen. Wer war denn eigentlich nun Freund? Wer war Feind? Ich floh vor Feinden und suchte Schutz bei Feinden. Wo waren die Freunde? Was hatte ich denn getan, dass ich ein Feind für beide Völker wurde? Ich wusste es nicht. Ich mochte nur kein Militär und hatte das gesagt.

Semjon Petrow

Die Arbeit in der Landwirtschaft tat mir gut, obwohl ich als Gulag-Insassin wirklich nichts zu lachen hatte. Ich versuchte, mich einzurichten, denn ich erkannte, dass ich ohne Hilfe hier niemals alleine rauskommen würde. Ich lag nachts lange wach und dachte darüber nach, was gewesen wäre, hätte ich mich nicht lautstark geäußert. Sicher wäre ich ein Mitläufer gewesen, der durch Anpassung und Wegducken sein Leben hätte anders gestalten können. Ich hatte aber etwas zu sagen. Das war meine Verpflichtung. Ich konnte nicht gegen meine Grundüberzeugung ankämpfen, darum musste ich die Folgen geduldig ertragen. Mein Russisch wurde immer besser. Fünfundzwanzig Frauen wurden verteilt auf drei Kolchosen. Ich kam zu Semjon Petrow, ein junger, gutaussehender Mann Mitte Dreißig, der uns nicht wie Vieh behandelte. Er war freundlich, aufmerksam und begrüßte uns mit Handschlag. Ich war eine Frau im besten Alter, sah noch gut aus und wirkte positiv auf

Männer. Allerdings hatte ich einen Stempel auf der Stirn mit der klassischen Bezeichnung „deutsche Nazihure". Man rückte deshalb gekonnt von mir ab. Obwohl Petrow wusste, wer ich war, ließ er sich nichts anmerken und behandelte mich einwandfrei. Morgens verabschiedete er sich von uns mit einem „Хорошего тебе дня" – „Ich wünsche euch einen guten Tag". Abends begrüßte er uns mit „вы все здоровы" – „Seid ihr alle gesund?" Immer wenn ich an ihm vorüberging, lächelte er mich an und blinzelte. Ich gebe zu, der Mann gefiel mir. Doch was brachte mir das schon? So verrichtete ich meinen Dienst Tag für Tag und erntete Tag für Tag ein Lächeln von Semjon Petrow. Nach einigen Wochen nahm er mich zur Seite und fragte: „Willst du nicht im Haus arbeiten als meine Hausgehilfin?" Ich fragte ihn, warum er das möchte, er hätte doch schon eine Haushilfe, nämlich Albina. Da zuckte er nur mit den Schultern. „Sie alleine schafft es nicht mehr." „Ich bin Ihre Gefangene. Sie können über mich bestimmen." Semjon schien meine Bemerkung nicht hören zu wollen. Er erklärte mir den Aufgabenbereich, befahl mir nichts, sondern fragte nach meinem Willen. „Möchtest du hier arbeiten?" Ich sah ihn aufmerksam an. „Im Feld sehe ich den Himmel und spüre den Wind." „Und im Winter die Kälte und im Sommer die Hitze." Semjon nahm mich an die Hand. Er führte mich durch das geräumige Wohnzimmer, öffnete eine Seitentür und betrat mit mir einen kleinen Vorgarten. „Schau nur! Immer wenn du Lust hast, kannst du nach draußen gehen und den Himmel sehen." Am nächsten Tag musste ich nicht mehr ins Feld. Ich fand mich in meiner neuen Tätigkeit gut zurecht – zum Leidwesen von Albina. Sie war eifersüchtig und ließ es mich deutlich spüren. Semjon war nicht aufdringlich, ließ aber schon durchblicken, dass er sich in mich verliebt hatte. Mir gefiel das Gefühl, als Frau begehrt zu werden. Albina deckte den Tisch, und ich durfte mit Semjon gemeinsam speisen. Es war mir gegenüber Albina peinlich, so bevorzugt zu werden. Ich lud Albina daher ein, mit uns am Tisch zu sit-

zen. Sie wollte es nicht, und meinem
Tischherrn war es anscheinend gleichgül-
tig. Immer häufiger beachtete er mich. Ich
bekam das Gefühl, schon seine Frau zu
sein. Dann kam der Tag, an dem er mich
direkt fragte, ob ich seine Frau werden
möchte. Ich wollte wissen, wie das funkti-
onieren sollte mit einer deutschen gefangenen „Nazihure". „Ich habe meine Kontakte. Ich bekomme dich frei. Heiratest du
mich?" Ich fühlte mich als Leibeigene,
und die Frage stellte sich eigentlich nicht,
weil er ohnehin über mich bestimmen
konnte. Dennoch schien es ihm wichtig zu
sein. „Wenn ich nein sagen würde, was für
eine Strafe hätte ich zu erwarten?" Semjon
lachte schallend: „Keine, ich würde es akzeptieren und weiter um dich werben." Ich
musste wirklich nicht lange überlegen.
Semjon war mir nicht unsympathisch, und
die Chance auf Freiheit war noch nie so
groß. Ich bat um Bedenkzeit, die er mir
auch gab. Dann sagte ich zu. Wie er es
gemacht hatte, war mir ein Rätsel. Semjon
Petrow bekam mich frei, und somit heiratete ich einen Mann, ohne recht zu wissen,

was für Gefühle ich ihm entgegenbringen sollte. Mein Ehemann ließ mir alle Zeit der Welt. Wir hatten getrennte Zimmer. Er war Edelmann genug, um mich nicht zu bedrängen. Die Zeit spielte eine entscheidende Rolle. Ich mochte diesen Russen. Ich näherte mich ihm langsam, aber sicher an. Seine Höflichkeit, seine Standhaftigkeit waren nur ein Teil seiner positiven Eigenschaften. Ich fing an, diesen Mann zu lieben. Seit unserer Hochzeit brachte mir Albina blanken Hass entgegen. Dieser Hass konzentrierte sich auch auf Semjon. Wir lebten zusammen, ich wurde schwanger und bekam einen Sohn, den wir Michael nannten. Ich wurde erneut schwanger und bekam eine Tochter, die wir Susan nannten. Zum ersten Mal stellte sich ein Glückgefühl ein. Ich bat Gott, dass dieser Zustand nicht enden möge. Angst hatte ich nur vor Albinas bösen Augen. Die weltpolitische Situation hatte sich verschärft. Es war Krieg. Der Hitler-Stalin-Pakt wurde gebrochen. Deutsche Soldaten befanden sich auf russischen Territorium. Die Nachrichten von der Schlacht um Stalingrad

und die Vernichtung der sechsten Armee
drang nur spärlich an unser Ohr. Der Hass
auf Deutschland wurde immer größer, und
man ließ es mich spüren. Die Frauen auf
dem Feld und die Menschen in meinem
Umfeld – sie alle hassten mich, denn ich
war „die Deutsche". Ohne Rücksicht und
in aller Öffentlichkeit baute sich Albina
vor mich auf und schrie: „Verschwinde
endlich, du deutsche Nazihure!" Semjon,
der die letzten Worte noch gehört hatte,
eilte herbei, gab Albina eine schallende
Ohrpfeife. „Du bist entlassen. Verschwinde, ich will dich nicht mehr sehen!" Nicht
nur Albina hasste mich, auch Menschen,
die kürzlich noch neutral und freundlich
zu mir waren, rückten von mir ab, sobald
sie mit meinem Deutschsein in Verbindung gebracht wurden. Je stärker sich der
Krieg an der Ostfront abspielte, desto stärker wurde der Hass auf jeden Deutschen
geschürt. Viele meiner in Russland lebenden Volksgenossen tauchten unter oder
gingen zurück in das Deutsche Reich. Zu-
nehmend geriet auch Semjon in das
Kreuzfeuer der Kritik, denn schließlich

war er mit einer Deutschen verheiratet, die obendrein noch Gulag-Insassin war.

Semjon hielt allen Anfeindungen stand. Er kümmerte sich rührend um unsere Kinder, war ein liebenswerter Ehemann und ein stolzer Russe. Immer häufiger rannten ihm die Landarbeiter davon. Er bat das Innenministerium um Kriegsgefangene, damit seine Felder weiter bestellt werden konnten. Man schickte ihm einige ausgemergelte deutsche Landser, die in Stalingrad in Gefangenschaft geraten waren. Arbeiten konnten sie kaum noch, denn sie waren halb verhungert und krank. Brachen sie auf dem Feld zusammen, eilte ich zu ihnen, um ihnen Beistand zu geben und zu helfen. Ich freute mich, endlich meine Muttersprache wieder anwenden zu können. Obwohl sich die Gefangenen in einer schweren Lebenssituation befanden, ließen sie mich spüren, dass ich nicht zu ihnen gehören würde. Ein Soldat brachte es auf den Punkt: „Russenhure! Vaterlandsverräterin! Fahnenflüchtige!" Er sagte es und spie vor mir aus. Ich rannte zurück ins Haus und rief: „Schmeiß sie alle raus, lass sie verrecken!" Ich lief in mein Zimmer und weinte vor Enttäuschung. Meinen Ausruf zuvor hatte ich schon wieder bedauert. Semjon wusste das. Er versuchte mich zu trösten. Er nahm Kontakt zum Innenministerium auf, bat um Austausch der Kräfte. Er wollte keine deutschen Kriegsgefangenen mehr, sondern andere Gulag-Einsitzende. Er bekam keine Antwort, dafür standen einige Tage später bewaffnete Milizsoldaten vor seiner Tür und hielten ihre Maschinenpistolen im Anschlag. Ein Offizier näherte sich uns und sagte: „Dieser Hof ist konfisziert. Ausländer sind enteignet." Semjon entgegnete: „Ich bin Russe, und das ist meine Frau. Mir gehört die Kolchose. Ich habe sie getreu im Sinne der Regierung geführt." Semjon reichte dem Offizier die staatliche Legitimation. Dieser nahm das Papier entgegen, warf einen Blick drauf und antwortete: „Der Hof wird geschlossen. Ihre Kinder kommen in die Obhut der Partei. Sie und Ihre Frau haben die Möglichkeit auszureisen – und zwar noch heute. Widersetzen Sie sich dieser Verordnung, nehmen wir Ihnen die Kinder trotzdem weg, und sie kommen wegen Landesverrats vor Gericht. Entscheiden Sie!" Ich wunderte mich, dass Semjon noch ruhig blieb und in klarer Sprache antwortete: „Meine Frau und die Kinder reisen aus, ich bleibe hier. Ist das deutlich genug?" Der Offizier hob seine Maschinenpistole, dessen Lauf direkt auf Semjons Brust zeigte. Ein lautes Geräusch, ein seltsames Knacken, wie das Drehen eines Schlüssels, signalisierte den Beteiligten, dass der Offizier seine MP entsichert hatte. Genauso ruhig wie Semjon zuvor antwortete er: „Du bist mit einer Spionin verheiratet. Deine Kinder sind Bastarde. Sie werden in unserer Parteischule eine vernünftige Erziehung bekommen." Ich werde mir immer den Vorwurf gefallen lassen müssen, dass ich meinen Mann nicht zurückgehalten habe. Mit hochrotem Kopf lief er die paar Schritte auf den Offizier zu und wollte ihm die Maschinenpistole entreißen, dabei schrie er: „ Ich bringe dich um, du Missgeburt einer Hündin!" Ungerührt schoss der Offizier eine ganze Salve ab.

Semjon hatte nicht mehr die Zeit, sich umzudrehen, um einen letzten Blick auf mich zu werfen. Ich wurde von zwei Soldaten festgehalten, ohne jede Chance, zu meinem Mann zu gelangen. Semjon stürzte blutüberströmt zu Boden und blieb rücklings liegen. Beide Arme ragten steif nach oben, als würde er jetzt erst, etwas zu spät, Gott um Hilfe bitten. Es war ein Albtraum, meinen Mann in einer sich schnell ausbreitenden Blutlache am Boden liegen zu sehen. Unmittelbar nach den tödlichen Schüssen führte man mich aus dem Haus. Ich konnte mich nicht einmal von meinen Kindern verabschieden. Ich hörte nur den verzweifelten Ruf von Michael: „Mami! Mami! Mami!" Als ich in fester Umklammerung der Soldaten draußen auf dem Hof stand, sah ich Albina am Rande der Straße stehen. Sie kam auf mich zu und sagte: „Ich habe der Behörde erzählt, dass du eine Spionin bist. Jetzt gehört der Hof mir." Ihr Grinsen traf mich stärker als die feste Armumklammerung meiner Häscher. Ich drückte meinen Kopf etwas nach vorne und spuckte meiner Kontrahentin mitten ins Gesicht. Ich vergaß meine gute Kinderstube und rief noch: „Ich wünschte mir, ich könnte sehen, wie du am höchsten Ast eines Baumes hängst, und ich prophezeie dir: Mit Genugtuung werde ich von deinem Tod erfahren, und wenn nicht, dann merke dir gut: Vor mir wirst du dein Lebtag keine Ruhe mehr haben, Miststück!" Meine Kinder sah ich nicht wieder. Ich wurde eingesperrt. Der Krieg wurde immer scheußlicher. Eigentlich müsste ich hier einen Schnitt machen. Ich wurde in verschiedenen Gulags untergebracht, die alle ähnlich waren wie in Omsk. Auch die Tage vergingen so verheerend wie in Omsk. Was aus meinen Kindern wurde, wusste ich nicht. Ich hatte nicht die Spur einer Chance, nach ihnen zu suchen. Ich träumte manche Nacht davon, dass meine Kinder im Erwachsenenalter nach mir suchen würden. Bis zum Kriegsende blieb ich eine Gefangene. Die einzige Freude, die ich hatte, waren deutsche Kriegsgefangene, deutsche Krankenschwestern und Ärzte, die mich nicht als Hure bezeichneten; die meine Geschichte kannten und mich immer wieder moralisch aufbauten; die mir zeigten, dass der Lebenswille größer ist als alle Schikanen, die man erleiden muss. Ich mache hier einen Schnitt, weil ich nun vom Schicksal meiner Kinder erzählen will. Wie es ihnen ergangen ist, erfuhr ich erst viele Jahre später, weit den Siebziger Jahren. Wie in meinen Träumen erfüllten sich meine Wünsche erst im Erwachsenenalter meiner Kinder. Kinder? Es waren mal zwei. Am Ende des Krieges wurde ich nach Vologda verlegt. Dort traf ich Albina wieder. Von dieser Begegnung erzähle ich später. Meine Entlassung kam ganz plötzlich. Ich musste mich nur für die russische Propaganda zur Verfügung stellen. Mit einigen anderen Deutschen an der Front musste ich die Landser auffordern, ihre Waffen niederzulegen. Die finale Schlacht um Berlin erreichte zu jener Zeit ihren Höhepunkt. Dieser Befehl war für mich das kleinere Übel, und so fand ich mich mit einem Megaphon in der Hand inmitten einiger Gleichgesinnter und geschützt von der russischen Miliz am Frontverlauf wieder. Die Gleichgesinnten waren beherzte Frauen und Männer, die von einem neuen Deutschland träumten und schon konkrete Vorstellungen hatten, wie dieses Land aussehen würde. Es sollte ein entmilitarisiertes Land sein, das – legitimiert durch eine demokratische Grundordnung – allen Menschen eine Perspektive und Heimat geben würde. Mit Unterstützung von Mütterchen Russland müsste das möglich sein. So lernte ich die Gruppe Ulbricht kennen. Ich schätzte ihre Ansichten. Ich wollte nicht nur dabei sein, ich wollte mithelfen, dieses neue Deutschland zu schaffen. Und meine Kinder? Was wurde aus ihnen?

Wo ist Susan?

Michael war schon alt genug gewesen, um mitzubekommen, dass er mit Gewalt von seiner Mutter getrennt wurde. Die innere Eingebung befahl ihm, keine Fragen zu stellen, sich zu fügen, abzuwarten, wie sich seine Tage weiter entwickeln würden. Noch hielt er seine Schwester an der Hand. Fing sie an zu weinen, nahm er sie in den Arm, trocknete ihre Tränen und sagte leise: „Sei still, sonst trennen die uns." Dieser gute Junge hatte immer einen Blick auf seine Schwester. Er war zur Stelle, wenn man grob zu ihr war. Dann stellte er sich vor seine Schwester und funkelte die Peiniger aus wütenden Augen an. Gegen Gewalt konnte er auch nichts machen. Man schob ihn brutal an die Seite und ohrfeigte das weinende Mädchen. Es waren Kinder von einer deutschen Frau und damit Freiwild. Weil man sich am deutschen Aggressor nicht austoben konnte, musste der Nachwuchs daran glauben. Michael nahm die Demütigungen hin und fügte sich. Als er eines Morgens erwachte,

fand er das Bett seiner Schwester leer. Er
lief zur Heimleiterin und wollte wissen,
wo seine Schwester war. Die Frau mit
dem Gesichtsausdruck einer Mongolin
rief: „Scher dich in dein Zimmer, Bengel!
Deine Schwester ist weg. Sie braucht eine
vernünftige Erziehung, und dich machen
wir noch zu einem richtigen Russen". Nun
weinte Michael heimlich in sein Kissen,
ließ sich aber nichts anmerken. Der Junge
war intelligent und entwickelte sich ganz
im Sinne der kommunistischen Partei.
Seine Schulleistungen waren überdurch-
schnittlich. Je älter er wurde, desto ziel-
strebiger verfolgte er seine Pläne, erst im
Jungvolk bei den Pionieren, dann in der
Partei. Überall wo er war, übertrug man
ihm Führungsaufgaben. Um seinen Aufstieg zu vervollständigen durchlief er alle
Parteiinstanzen bis hin zum Politbüro. Er
studierte Wirtschaftswissenschaft, wurde
Leiter der Abteilung „Planwirtschaft" im
Innenministerium. Diese außergewöhnli-
che Karriere hatte für seine Gesellschaft
Vorbildcharakter. Es gab außer ihm selbst
niemanden in seinem Umfeld, der ihn

noch mit dem Deutschsein in Verbindung brachte. Innerlich verleugnete er seine Herkunft nicht, doch eines war für ihn von großer Bedeutung: Er wollte wissen, was aus seiner Schwester geworden war und wo sie sich befand. Mittlerweile hatte er so viel Macht, dass ihm überall die Türen offen standen. Dieser Tatsache verdankte er, dass ihm die Suche nach seiner Schwester etwas erleichtert wurde. Gleichzeitig musste er vorsichtig sein. Ein falsches Wort, eine falsche Geste – schon standen die Neider und Widersacher vor der Tür, um ihn zu Fall zu bringen. In seiner Position gab es genug Menschen, die nur darauf warteten, dass er stolpern würde. Der erste Weg führte ihn in das Heim, in dem er mit seiner Schwester zuletzt war. Die Heimleiterin lebte noch und zitterte förmlich vor dem großen Mann, der als Kind von ihr schikaniert wurde. Michael blieb ruhig, als er sagte: „Wann wurde meine Schwester entführt und von wem? Wo kam sie hin?" Die Frau zuckte die Schultern. „Weiß ich nicht", nuschelte sie. Unbeirrt fuhr Michael fort: „Du sagst es mir jetzt, dann kannst du dein Rentenalter weiterhin genießen. Erzählst du mir nur die Hälfte oder nichts, dann wirst du in Sibirien auf den Feldern arbeiten dürfen, suche es dir aus." Die ängstliche alte Frau gab bereitwillig Auskunft über das, was sie gesehen hatte. Susan wurde damals von Parteigenossen abgeholt und zur Adoption freigegeben. Es gab aber keinen Russen, der ein deutsches Mädchen aufnehmen wollte, deshalb wurde sie von einem Sicherheitsbeamten und seiner Frau aufgenommen und erzogen. Der Sicherheitsbeamte wollte nach Maxen. In Maxen, einem kleinen Dorf nicht weit von Moskau, entdeckte Michael erste Spuren. Der Sicherheitsbeamte hieß Maxim Smirnov, der Name seiner Frau war Warwara, seine Tochter wurde Arina genannt. Sie war nicht die leibliche Tochter, sondern eine Pflegetochter. Michael hörte sich in dem kleinen Dorf um, sprach mit den Oberen, mit dem Dorfpfarrer und dem Bestatter. Maxim und Warwara waren tot. Auf dem kleinen Friedhof unweit der Kirche suchte Michael nach dem Grab der

Smirnovs. Als er es fand, stand er lange und andächtig vor dem Doppelgrab mit dem schlichten Stein und den drei Namen Maxim, Warwara und Arina. War Arina nun seine Schwester und lag sie hier begraben? Eine junge Frau gesellte sich zu ihm und fragte: „Kennen sie die Toten?" „Nein, aber das könnte die entführte Tochter meines Freundes sein. Und wer sind Sie?" Die Frau zeigte auf den Grabstein. „Mein Name ist Uljana. Dort liegen meine Eltern begraben. Ich heiße Uljana Smirnow." Michael war irritiert. „Und wer ist Arina?" „Arina ist meine Schwester". Nun war Michaels Irritation noch größer. Er ließ sich aber nichts anmerken. „Woran ist sie gestorben?" „Sie ist nicht tot. Sie sollte nur hier in dem Familiengrab eines Tages bestattet werden." Michael sah die Frau entgeistert an. „Wo kommen Sie denn so plötzlich her?" „Der Pfarrer hat mich gerufen, dass ein fremder Mann vor dem Grab meiner Eltern steht, und ich wollte sehen, wer das ist." Mit ausgestreckten Arm zeigte sie auf ein kleines Häuschen gegenüber dem Friedhofseingang. „Dort wohne ich. Kommen Sie mit, ich mache Ihnen einen schönen Kaffee". Das ließ sich Michael nicht zweimal sagen und folgte der Frau auf dem Fuß. In ihrer gemütlichen Küche wollte die junge Frau wissen, warum er sich so intensiv mit ihren Eltern beschäftigt hatte. Michael musste lügen, um an die Informationen zu gelangen, die für ihn wichtig waren. „Ein Freund von mir ist kürzlich gestorben. Seine letzte Bitte war, seine Tochter zu suchen, die verschleppt worden ist." „Mehr wissen Sie nicht?" „Sie ist von einem Sicherheitsbeamten mitgenommen worden, und ihr Vater war ein Sicherheitsmann. Auch Maxim als Ort wurde mir genannt." „Das könnte sie durchaus gewesen sein. Mein Vater hatte eine neue Tochter angenommen." Dann erzählte Uljana, dass ihr Vater dieses Mädchen als Ersatz der eigenen Tochter angesehen hatte. „Ich sollte in das Internat nach Moskau, um etwas Ordentliches zu lernen. Mein Vater hatte nebenbei eine kleine Landwirtschaft und brauchte Hilfe. So passte es, dass er nun eine neue Tochter bekam. Ich habe sie nur einmal gesehen. Sie war ein schüchternes Mädchen, die immer nach ihrem Bruder rief. Mein Vater war ein brutales Schwein, er schlug sie, damit sie ruhig blieb. Er schlug sie immer wieder. Meine Mutter konnte nichts gegen ihren Mann unternehmen, sie war zu schwach. Sie hatte keine Durchsetzungskraft. Wenn sie etwas sagte, wurde auch sie geschlagen. Wenn er genug getrunken hatte, dann drosch er auch auf mich ein. Gott sei Dank kam ich in das Internat und fuhr nur einmal im Jahr nach Hause. Arina wurde immer kränker, blass, schmal mit roten Pusteln im Gesicht. Als ich wieder einmal zu Hause war, reagierte meine Stiefschwester auf mein Zurufen nicht mehr. Sie wurde zu einer leidlich funktionierenden Marionette erzogen. Es war an einem Sonntagmorgen, ich hatte Ferien, und mein Vater war völlig betrunken. Erst schlug er meine Mutter, die später an ihren schweren Verletzungen starb. Dann wollte er mich vergewaltigen. Mich, seine leibliche Tochter! Ich trat mit meinen Füßen nach ihm und schrie: ‚Arina, hol Hilfe!‘.

Sie tat es auch. Sie kam mit einer Schaufel zurück und schlug sie meinem Vater über den Schädel. Tot war er. Nun wollte ich Arina beschützen und brachte sie zu Nachbarn, damit man sie dort verstecken würde. Leider vergebens. Obwohl wir zu den Nachbarn ein gutes Verhältnis hatten, riefen sie die Polizei, und man nahm meine Schwester fest. Sie wurde zu lebenslanger Zwangsarbeit in einem der Gulags verurteilt. Seit jener Zeit sitze ich hier, achte auf das Haus und warte darauf, dass man Arina bringt – lebendig oder tot –, damit ich sie hier begraben oder in die Arme schließen kann. Ich bin es ihr schuldig." Michael hatte innerlich gezittert, doch er ließ sich nichts anmerken. Er hatte seine Schwester gefunden. Nun wollte er wissen, ob sie noch lebt.

Sie war nicht mehr zu retten

Uljana Smirnow und Michael Petrow saßen immer noch in der kleinen Küche am Tisch und sprachen über – sagen wir mal: ihre gemeinsame Schwester Arina Smirnov. „Ich werde sie suchen", erklärte Michael mit fester Stimme. „Ich komme mit", antwortete Uljana mit gleicher Festigkeit. „Was haben Sie für ein Interesse daran? Moment mal! Darf ich Sie duzen?" Sie nickte eifrig. „Na klar darfst du das! Dass sie unseren Vater erschlagen hat, dafür bin ich ursächlich verantwortlich. Ich wüsste nicht, wie ich sie suchen sollte. Du scheinst Einfluss zu haben. Ich muss wissen, wie es ihr geht und ob ich in ihrer Nähe bleiben darf. Außerdem trägst du ein Geheimnis mit dir herum, ich spüre das. Du sagst mir nicht die Wahrheit. Die Geschichte von deinem Freund glaube ich nicht. Du hast ein persönliches Interesse an meiner Schwester. Außerdem", sie stotterte etwas, „außerdem mag ich dich." Michael kratzte sich behutsam an der Stirn und zwinkerte. „Welcher Mensch ist nicht geheimnisvoll? Komm mit, du gefällst mir auch." Man könnte fast sagen, es war Liebe auf den ersten Blick. Trotzdem gab Michael sein Geheimnis nicht preis. Er rief die Zentralstelle für Gefangenenfragen an und bat um Recherche nach einer Gefangenen namens Arina Smirnov. Die Wartezeit verkürzten sich die beiden wie ein Ehepaar. Sie kochte ihre Lieblingssuppe Borschtsch, sehr stark gewürzt, und er blätterte in einer Zeitschrift, um sich über das Weltgeschehen zu informieren. Spät abends erhielt er die Mitteilung, dass die Gesuchte in Rostow am Don einsitzen würde. Michael forderte ein geeignetes Fahrzeug an, das am nächsten Tag bereit stand. Die Nacht verbrachten die beiden in äußerst trauter Zweisamkeit. Es ist nicht einfach, ein Gulag zu betreten, aber Michael kam überall durch. Er zeigte seine Legitimation, schon öffneten sich alle Tore. Die Lagerleitung war nicht begeistert, als Michael und Uljana dort auftauchten und nach einer Arina fragten. Nachdem man sich aber vergewissert hatte, dass Michael die besten Kontakte nach Moskau unterhielt, gab man ihm bereitwillig Auskunft. Man wollte sie holen und bat die Gäste im Wartezimmer Platz zu nehmen. Michael bestand darauf, sofort zu der Gefangenen geführt zu werden. Der Lagerleiter geleitete beide in den Frauenbereich und in die dortige Krankenstation. Die Gesuchte saß abgemagert in einem völlig verdreckten Kittel auf einer von Wanzen durchsetzen Matratze und schaute völlig geistesabwesend die Besucher an. „Ich werde Meldung machen, das ist ein unhaltbarer Zustand", schimpfte Michael. Arina schien Michael nicht zu erkennen, aber dafür Uljana. Sie nahm ihre Hand und lächelte, sagte aber nichts. Der Lagerarzt stand neben Michael und sprach: „Sie ist geistig abnorm, im Grunde nicht lebensfähig." „Achten Sie gefälligst auf ihre Wortwahl", rief Michael zornig. Er beugte sich tief über das Gesicht seiner Schwester und flüsterte ihr etwas ins Ohr. Plötzlich lächelte Arina. Tränen rollten aus ihren Augen. Als er sich wieder aufrichtete, sagte er zum Arzt: „Veranlassen Sie bitte alles. Ich nehme die Frau mit

nach Moskau. Sie kommt in ein Pflegeheim." „Das kann ich nicht veranlassen.
Sie ist eine rechtmäßig verurteilte Mörderin." „Es geht hierbei nicht um eine Entlassung, sondern um eine Verlegung in ein
streng bewachtes Pflegeheim. Oder glauben sie etwa, dass Fluchtgefahr besteht?"
„Ich kann das nicht machen", beharrte der
Arzt. Michael nahm den Arzt beim Arm
und führte ihn in dessen Büro. „Bitte sprechen Sie mit dem Politbüro in Moskau.
Man wird ihnen persönlich die Anweisung
geben." Michael nahm das Telefon zur
Hand und wählte eine Moskauer Nummer.
Am anderen Ende war seine Sekretärin.
„Würden sie mich bitte mit dem General-
sekretär verbinden?" Der Arzt drückte mit
seiner Hand die Gabel des Telefons runter
und beendete damit das Gespräch. „Es ist
schon gut. Ich veranlasse die Verlegung."
Michael musste die Entlassungspapiere
unterschreiben. Danach konnte er mit seiner kranken Schwester und Uljana das Ge-
lände verlassen. Die Fahrt verbrachten sie
größtenteils schweigend, weil jeder seinen
Gedanken nachhing. Plötzlich sagte Ulja-

na: „Was hast du ihr ins Ohr geflüstert, dass sie lächelte und weinte?" Nun brach Michael sein Schweigen und erzählte ihr von der deutschen Mutter, von der Wegnahme der Kinder, vom Tod des Vaters. „Arina ist meine Schwester. Man hat uns damals im Heim getrennt. Ich habe mir geschworen, das bestmögliche in Russland zu erreichen. Ich wollte die Karriereleiter ganz nach oben. Ich hatte immer nur ein Ziel: das Schicksal meiner Schwester und meiner Mutter aufzuklären. Sie sind meine Familie." Uljana legte ihre Hand auf Michaels Arm, dessen Hand krampfhaft das Steuer umfasste. „Dann hast du noch eine Schwester", lachte sie. „Oder möchtest du lieber eine Frau? Außerdem, was hast du ihr ins Ohr geflüstert?" Michael grinste. „Als Kinder haben wir immer ein Lied gesungen, ‚Der Mond ist aufgegangen', nach einem Gedicht von Matthias Claudius. Zwei Zeilen habe ich ihr vorgesungen. Daran hat sie mich erkannt. Susan Petrow ist ihr Name. Und ich möchte, dass sie menschenwürdig behandelt wird." Uljana sah aus dem Augenwinkel, wie diesem starken großen Mann Tränen über die Wangen liefen. Sie sah es, schaute nach rechts aus dem Fenster und schwieg. Michael war gerührt. Sie fuhren sie erst wieder in das kleine Dorf Maxen. Dort lösten sie Uljanas Haushalt auf. Das Haus übergaben sie der Kirchengemeinde. Beide kümmerten sich rührend um Arina und ließen sie kaum noch aus den Augen. In Moskau brachten sie Michaels Schwester in ein Krankenhaus und ließen sie von Spezialisten untersuchen. Ohne Genehmigung und bürokratische Formalitäten ging nichts, denn schließlich war Susan nach wie vor eine Strafgefangene. Michael versuchte, ein gerichtliches Wiederaufnahmeverfahren zu erreichen. Zuvor allerdings ließ er die besten Moskauer Ärzte an den kranken Körper seiner Schwester heran. „Sie ist nicht mehr zu retten", sagten sie einstimmig. „Ihr geschwächter Körper ist nicht mehr regenerierbar. Sie wird sterben." Michael war der Verzweiflung nahe und flehte die Ärzte an. „Bitte helfen sie ihr, sie muss noch ein paar schöne Jahre haben! Sie hat in ihrem Leben nur

Schlechtes erlebt. Ich flehe sie an, bitte helfen sie ihr!" Uljana und Michael wechselten sich täglich mit der Pflege der kranken Frau ab. Sie gaben ihr das, was sie jahrelang entbehren musste. Liebe, Liebe und nochmals Liebe. Ihr Körper verfiel immer mehr. Mit seinen Fingern cremte er ihre Lippen ein, tupfte ihre schweißnasse Stirn ab und streichelte unaufhörlich ihre Wange. Der Arzt legte seine Hand auf Michaels Schulter und sagte: „Bleiben Sie hier. Sie wird in der nächsten Stunde gehen." Michael und Uljana saßen an ihrem Bett, als sie sich auf ihre lange Reise vorbereitete. Michael, der seine Schwester im Arm hielt, sah, wie ihre Augen leuchteten. Sie öffnete den Mund: „Michi", flüsterte sie, „bitte suche Mama. Wo ist sie?" Dann schloss sie für immer die Augen. Michael drückte den toten Körper an seine Brust. Tränen liefen seine Wange herab. „Ich suche sie, Susi! Ich verspreche es dir. Ich liebe dich." Dann wandte er sich mit erstickter Stimme an Uljana: „Bitte öffne das Fenster, damit ihre Seele in die Freiheit fliegen kann."

Die ersten Spuren

Der Tod von Susan hatte Michael stark mitgenommen. Es blieb aber kaum Zeit zu trauern, denn die Beisetzung musste organisiert werden. Aber wo? Nach Maxen, wo ihr prügelnder Stiefvater und ihre leidende Stiefmutter bestattet waren, sollte sie nicht. Michael suchte einen Platz, wo sie ihre glücklichsten Jahre verbracht hatte. Das war dort, wo die Eltern auch glücklich gewesen waren: auf der Kolchose ihres Vaters Semjon. Um die Urne sicher transportieren zu können, mussten alle bürokratischen Hemmnisse überwunden werden. Die Urne musste laut Gesetz verplombt sein. Michael erfüllte alle Anforderungen, und so konnte er mit Uljana und seiner Schwester aufbrechen zum ehemals väterlichen Hof. Er erkannte die Kolchose nicht wieder, schließlich waren auch über dreißig Jahre vergangen. Sie gehörte jetzt der landwirtschaftlichen Genossenschaft. Am Ende des Feldes, auf dem seine Mutter einst arbeitete, führte ein künstlich angelegter Wassergraben vorbei,

der die Felder bewässerte. Michael ent-
plombte die Urne, setzte sich auf einen
viel zu kleinen Stein und sagte: „Schwes-
terchen, hier bist du glücklich gewesen,
hier haben wir als Kinder gespielt und ge-
lacht. Hier soll deine Asche ruhen. Hier
will ich mein Versprechen erneuern. Ich
finde Mama, und wenn sie noch lebt, wird
sie eines Tages auf diesem Feld stehen
und die Erde küssen – in Erinnerung an
unsere Susan." Uljana, die alles angehört
hatte, drehte ihren Kopf zur Seite. Sie
konnte ihre Tränen nicht mehr zurückhal-
ten. Dann sahen sie, wie der Wind die
Asche ihrer Schwester verteilte – nicht auf
den künstlichen Wassergraben, nein: auf
das Feld direkt nebenan. Michael ver-
plombte die Urne wieder, dazu hatte er
passendes Handwerkszeug dabei. Sie leg-
ten die leere Urne in den Kofferraum, damit sie später in Maxen beigesetzt werden
konnte. Michael sah sich um. Er erkannte
kaum etwas wieder. Nur das kleine Ge-
bäude neben dem Haupthaus sah unverändert aus. Er klingelte an der Haustür. Eine
ältere Frau öffnete. In gebückter Haltung

stand sie vor ihm. Ihr Rücken schmerzte, das sah er sofort. „Mein Name ist Michael Petrow, kennen Sie mich?" Die alte Frau hob den Kopf. „Petrow? Semjons Sohn?" „Ja, ich bin Semjons Sohn, und meine Schwester Susan ist tot. Darf ich reinkommen?" Sie nickte und öffnete die Tür ganz. Dabei murmelte sie: „Das kleine nette Mädchen – tot?" Im Wohnzimmer bot sie ihrem Besucher eine Tasse Kaffee an. Michael kam direkt zur Sache. „Wissen Sie etwas über meine Mutter?" „Ich habe nur gehört, dass man sie abgeführt hatte und sie der Haushilfe Albina den Tod gewünscht hatte, mehr weiß ich nicht." „Überlegen sie doch bitte einmal! Hat man nicht später über diesen Fall in der Nachbarschaft diskutiert? Gibt es einen kleinen Hinweis?" „Na ja, Albina glaubte das Gut nun zu besitzen. Das war ein Irrtum. Schon in der griechischen Mythologie heißt es, dass man den Verrat liebt, aber nicht den Verräter. Einige Tage später holten die gleichen Soldaten Albina ab. Einer dieser Soldaten sagte, dass man sie nach Vologda bringen würde. Vielleicht ist das eine erste Spur." Tatsächlich war dies ein ernsthafter Hinweis. Michael bedankte sich bei der alten Frau und fuhr mit Uljana erst nach Maxen, um die leere Urne pflichtgetreu zu bestatten. Dann reisten sie zurück nach Moskau.

Hier muss ich nun wieder einen Schnitt machen. Mein Sohn Michael recherchierte im Archiv und stellte fest, dass ich wirklich in Vologda war und später mit deutschen Kommunisten nach Ostberlin ausreisen durfte. Nun wusste er ungefähr, wo ich lebte. Er musste bei seiner Suche vorsichtig sein, um nicht seinen wirtschaftlichen und beruflichen Aufstieg zu gefährden. Er heiratete Uljana, beide bezogen eine schöne Penthousewohnung im Zentrum von Moskau. Was wurde aus mir? Gehen wir fast vierzig Jahre zurück. Mein Mann wurde erschossen, meine Kinder nahm man mir weg, und ich durchlief einige Gulags als Staatsfeindin, bis ich nach Vologda kam.

Vologda

Vologda war ein Straflager. Dem Lager zugeordnet war das Kriegsgefangenenhospital in Tscherepowez und das Kriegsgefangenenhospital im 170 Kilometer nördlich liegenden Woschega. Ich hatte eine kleine Fleischwunde am linken Arm und wurde in Tscherepowez von Dr. Müller behandelt. Er war der leitende Arzt und hatte zwei Jungärzte als Gehilfen an seiner Seite. „Können Sie einen Verband wechseln?", fragte er hastig. „Ja, das kann ich", antwortete ich genauso hastig. „Gut, dann kommen Sie mit und helfen mir!" Es fehlte ihm wirklich an Krankenschwestern, denn in diesem Lager waren fast alle Insassen kaum belastbar und teilweise sehr krank. Ich verstand mich mit Dr. Müller gut. Er sah, dass ich gewillt war, richtig zu helfen. Er nahm mich nun auf Dauer unter seine Fittiche. Ich war glücklich, produktiv helfen zu können. Ich tat mehr, als man von mir erwartet hatte, und konnte somit das Vertrauen von Dr. Müller rechtfertigen. Er führte mich an das Bett einer Frau, die von einer seltenen Viruserkrankung heimgesucht wurde. „Sie müssen ihr zweimal am Tag eine Spritze geben, sonst stirbt sie." Dr. Müller zeigte auf den kleinen Tisch neben der Kranken. „Sie ziehen mit der Spritze die Medizin aus dem Fläschchen und spritzen ihr das in die Bauchfalte." Er zeigte mir diese Prozedur bis ins Detail. Die Patientin lag auf der Seite, das Gesicht mit einem Kissen bedeckt, und schlief. Der Arzt fuhr fort: „Sollten Sie das einmal vergessen, stirbt die Frau." Ich hatte verstanden. Am späten Nachmittag eilte ich wieder zu der Patientin und erschrak: Es war Albina. „Du?", rief ich entsetzt. Albina rang sich ein Lächeln ab. „Ja, ich bin es, und es tut mir alles so leid, was ich getan habe." Ich hasste diese Frau und wünschte ihr den Tod. Nun hielt ausgerechnet ich die Spritze in der Hand, die ihr Überleben sicherte. Ich hörte den Arzt noch sagen: „Wenn Sie die Spritze vergessen, stirbt die Frau." Besser ging es nicht! Jetzt konnte ich mich endlich rächen. „Du hast mein Leben zerstört, meinen Mann getötet und meine

Kinder geraubt. Ich habe dir den Tod gewünscht." „Mach schon! Ich werde sowieso sterben." Albina weinte. Ich dachte
nach. Nein! Ich war keine Mörderin. Ich
konnte es nicht. „Los, leg dich auf die Seite", befahl ich barsch. Mit meinen Fingern
presste ich eine Falte aus Albinas Bauch
und gab ihr die lebenserhaltene Spritze.
Dann verschwand ich Richtung Männer-
trakt. Dort erlebte ich die nächste Überra-
schung. „Wasser, Schwester", flehte ein
Mann leise. Ich eilte mit einer halbvollen
Flasche abgekochten Wassers zu ihm. Die
Augen des Mannes, die Stirn, das Kinn!
Trotz Vollbart erkannte ich Richard sofort.
Auch er schien mich zu erkennen. „Sándorei?" Ich nickte. „Mein Name ist Judith
Petrow." Ich setzte mich an sein Bett und
erzählte ihm, wie meine Flucht nach Russland verlaufen war – vom Tod meines
Mannes und von meinen Kindern. Richard
wirkte entsetzt. „Ich habe gedacht, du bist
in Sicherheit. Tut mir leid." „Dafür kannst
du doch nichts." Richard erzählte mir von
seinem Schicksal, von Stalingrad, von
dem unendlichen Leid und dem Finale

hier im Gulag. Die Eiseskälte hatte ihm Erfrierungen an den Fingern und Zehen eingebracht. Ich ließ ihn reden. Ein kalter Schauer lief mir über den Rücken. Trotzdem konnte ich mir eine spitze Bemerkung nicht verkneifen. „Bist du jetzt klüger geworden?" „Was Hitler und das Tausendjährige Reich betrifft, ja. Aber ich werde zu deiner Enttäuschung trotzdem kein Kommunist." Ich gebe zu, große Freude empfunden zu haben, dass ich Richard wiedersehen konnte. Ich lief täglich in die Männerstation, um nach Richard zu schauen. Albina bekam von mir regelmäßig die Spritze. Wir redeten nicht miteinander. Die Arbeit an der Seite von Dr. Müller hatte mich ausgefüllt und gewissermaßen auch befriedigt. Einige Wochen später wurde ich zur Lagerleitung gerufen. Ein Mann in einem hellbeigen Mantel, der ununterbrochen rauchte, sagte zu mir: „Wir können dich entlassen, wenn du etwas für uns tust." Er wartete ab, wie seine Worte auf mich wirken würden. „Was muss ich tun?" „Wir fahren dich nach Berlin. Der Krieg ist bald zu Ende.

Deine Aufgabe ist, die deutschen Soldaten per Megaphon aufzufordern, ihre Waffen niederzulegen." „Muss ich das alleine machen, oder kann ich noch jemanden mitnehmen?" „An wen dachtest du?" „An den deutschen Offizier Richard im Krankenrevier. Müller heißt er, glaube ich, mit Nachnamen." „Ein Nazioffizier?", fragte mein Gesprächspartner ungläubig. „Ja", beeilte ich mich zu sagen, „deutsche Soldaten hören auf Offiziere. Ist das bei Ihnen anders?" Der Russe lachte kurz. Dann wurde er wieder ernst. „Wie stellst du dir das vor? Er ist ein ranghoher Offizier, ein Kriegsgegner. Die Soldaten sitzen ein und ihr Feldheer geht in die Freiheit." Ich fuchtelte mit den Armen in der Luft herum. „Überlegen Sie doch mal! Er hat die Nase voll von den Nazis, und ihr benötigt doch im neuen Deutschland Helfer." „Neues Deutschland?" Er blies mir seinen Qualm ins Gesicht „Deutschland wird es nicht mehr geben – höchstens als Teil von Mütterchen Russland." „Dann braucht man erst recht Deutsche, die beim Aufbau helfen können! Und – was viel wichtiger ist – ihr hättet dann sehr treue Untertanen." Er lachte und gab mir schließlich grünes Licht für diese Aktion. „Du darfst mit niemanden darüber sprechen! Das ist eine geheime Kommandosache." Ich nickte, denn ich war froh, endlich aus dem Gulag rauszukommen. Endlich zurück in die Heimat! Endlich nach Hause! Ich hatte wirklich geglaubt, dass Richard sich freuen würde, wenn ich ihm das Angebot unterbreitete. Aber nein, er lehnte ab. „Ich bin Soldat. Ich verrate keine Kameraden, das ist eine Todsünde für einen Offizier. Ich habe einen Eid geschworen." „Was denn? Du hast den Eid auf den Führer geschworen – einen Führer, der Millionen Tote zu verantworten hat", gab ich wütend zurück. „Gerade meine gefallenen Kameraden haben Ehre und Anerkennung verdient. Meine toten Kameraden in Stalingrad … wie käme ich mir vor, ihr Andenken mit Füßen zu treten? Ich bleibe hier, und wenn es zehn Jahre dauern sollte!" Wie recht er mit den zehn Jahren hatte, wusste er an diesem Tage noch nicht. Ich konnte diesen Mann nicht verstehen, aber ich respektierte seinen Entschluss. Ich ließ ihn zurück und wurde nach Berlin an die Front gefahren. Von Albinas Tod erfuhr ich etwas später. Die Nachfolgerin bei Dr. Müller hatte wohl vergessen, ihr die Spritze zu verabreichen. Meine Trauer darüber hielt sich absolut in Grenzen.

Das hatten wir schon einmal

Meine Reise in die vermeintliche Freiheit beruhte auf einer Täuschung. Der mich begleitende russische Soldat wurde nicht zu meinem Schutz abgestellt, sondern zur Bewachung meiner Person, da ich immer noch eine Strafgefangene war. Ich musste keine deutschen Landser mehr auffordern, ihre Waffen niederzulegen. Es gab kaum noch Schüsse in den entsetzlich zerstörten Häusern mit ihren üblen Gerüchen nach Tod und Verderben. Ich weinte bitterlich, als ich diese beinahe untergegangene Stadt und dieses zerstörte Land sah. Der Krieg fand hier sein trauriges unrühmliches Ende. Das Tausendjährige Reich wurde in vier Jahren vernichtet und hinterließ ein Volk im Ausnahmezustand. Ich musste an Richard denken, der jetzt keine Soldaten mehr auffordern müsste, die Waffen schweigen zu lassen. Ich sah überall russische Soldaten und eine traumatisierte Zivilgesellschaft. Frauen räumten den Schutt beiseite und suchten nach Habseligkeiten und Löchern, Kellerräumen oder Ecken, wo sie sich mit ihren noch lebenden Familienangehörigen verkriechen konnten. Der Leichengestank in den Straßen war unerträglich. Ich hörte Männerstimmen, die riefen: „Zwee in eene Wanne" („Zwei in eine Wanne"). Gemeint waren die verbrannten und verkohlten Leichen, die entsorgt werden mussten. Walter Zegler, ein Mittdreißiger, packte mich am Arm und zog mich in einen dunklen, großen Raum. Die flackernden Kerzenlichter störten anfangs meine Augen. Strom gab es nicht. An einem Tisch saßen sechs Männer und zwei Frauen. „Hallo Sándorei", hörte ich jemanden rufen. Als ich den Rufer ausgemacht hatte, erkannte ich Fritz Korb und Heinrich Pistol aus Chemnitz wieder. Es waren zwei aus unserer kommunistischen Gruppe, die ich in Russland treffen sollte. „Wo wart ihr denn?", war meine erste Frage, die aber in einem großen Freudengeschrei unterging. Ich musste die Frage wiederholen. Fritz Korb antwortete als erster. „Nachdem Richard uns informiert hatte, wollten wir dich in Königsberg bei Manfred Schmittger abholen. Wir wussten nicht, dass der KGB uns längst im Visier hatte. Wir wurden nicht als Freunde begrüßt. Man brachte uns direkt nach Moskau in die Kaderschule. Dort lernten wir einen pragmatischen Sozialismus von der angenehmen Seite kennen." „Schön", antwortete ich kurz, „meine Kaderschulung waren die Gulags, denn schließlich war ich die deutsche Hure eines Nazioffiziers." „Was ist mit Richard?", wollte Fritz wissen. „Nun, er sitzt in Vologda und harrt dort im Gedenken an seine gefallenen Kameraden aus." Ich erzählte der Runde von meinen Kindern, von meinem erschossenen Mann und von meinen diversen Gulags. Erst später beachtete man den bewaffneten Soldaten neben mir. Heinrich fragte: „Was macht der Mann neben dir?" Sarkasmus fiel mir nicht schwer: „Das ist mein persönlicher Leibwächter. Der passt auf, dass ich den Krieg nicht fortführe, denn schließlich bin ich nach wie vor eine Strafgefangene." Die ganze Runde erinnerte mich irgendwie an die Zusammenkünfte damals in Chemnitz. Auch die Debatten waren identisch. Sie wollten ein neues Deutschland errichten. Das ging aber nur mit russischer Genehmigung. Russland hatte mich jedoch nie gemocht, und auch meine Liebe zu diesem Land war nicht sehr ausgeprägt. Ich dachte viel an meine Kinder und war überzeugt, dass sie mich irgendwann suchen würden. Wir spürten deutlich, dass Deutschlands Eigenständigkeit zu Ende war. Das Land stand unter dem Viermächtestatus. Es waren die Sieger Frankreich, England, Russland, USA, die in unserem Land das Sagen hatten. Ohne die deutsche Bürokratie fanden die Besatzer auch keinen Zugriff. Sie brauchten die Deutschen, und so kam es zur großen Entnazifizierung. Unterdessen wurde ich freigesprochen und konnte mich endlich frei bewegen. Die politische Zukunft war unsicher. Ich war keine Politikerin. Ich versuchte, meine Freunde davon zu überzeugen, dass Marschmusik und Stiefeltritt, Gleichmarsch und Heldengesänge gleichbedeutend waren mit Krieg, Tod und Not. Ich hasste Militär und hoffte, endlich in einem Land leben zu dürfen, das sich diesen Mächten ganz verschließen würde. Die Männer und Frauen um Walter Ulbricht überzeugten mich. Sie wurden alle in Moskau geschult, und ich bemerkte die Leidenschaft, mit der sie an die Arbeit gingen. Meine Begeisterung hatte einen Dämpfer erhalten, weil ich in Russland keine schönen Jahre erlebt hatte. Meine alten und neuen Freunde wollte ich nicht enttäuschen. Ich half ihnen bei der Suche nach einem neuen Deutschland. Die Entscheidung, wie dieses Trümmerland aussehen sollte, lag allerdings nicht in unserer Hand, sondern in den Händen der Alliierten. Die Gespräche an unserem Tisch gab es schon einmal: vor dem Krieg in Chemnitz.

Ein Zwischenruf

Politisch war die Lage fatal. Die russische Besatzungszone, zu der auch Ostberlin gehörte, war stark eingebunden in die russische Lebensform. Die Besatzungszonen unter der Oberherrschaft der USA banden ihr westliches Deutschland sehr stark an sich. Stalin wollte ein gesamtes waffenloses Deutschland unter russischer Hoheit. Damit kam er nicht durch, weil die Ideologien beider Mächte zu unterschiedlich waren. So achtete der Osten auf das, was der Westen machte, und der Westen auf das, was der Osten machte. Spielball der Mächte wurde Berlin. Der Osten versuchte, die Versorgung Westberlins abzuschneiden, und Westberlin wurde von den USA aus der Luft versorgt. Es waren die ersten dramatischen Auseinandersetzungen zwischen Ost und West, die sich durch den beginnenden Kalten Krieg noch verschärften. Die historische Entwicklung ist bekannt. Im Westen entstand die Bundesrepublik Deutschland, im Osten die Deutsche Demokratische Republik.

Deutschland wurde geteilt, und beide deutsche Staaten standen einander in Klassenfeindschaft gegenüber. Die NATO wurde gegründet, etwas später folgte der Warschauer Pakt.Mit der Gründung der Bundeswehr und der Nationalen Volksarmee waren die zwei deutschen Staaten gefestigt. Ein Bürgerkrieg wäre nicht ausgeschlossen gewesen.Und ich? Ich sah zu, was unweigerlich kommen musste. Es kam das, was ich hasste: hüben und drüben Marschmusik, Gleichschritt und Waffengeklirre.

Im Gleichschritt marsch!

Es gab drei Ereignisse, die mich von jeglicher Naivität endgültig befreiten. Danach wusste ich, dass ich wieder einmal meine Stimme erheben musste: erstens der Volksaufstand 1953, weil die DDR-Führung die Belange der Arbeiterschaft ignoriert hatte, obwohl wir ein Arbeiter- und Bauerstaat waren; zweitens der Bau der Mauer und drittens die Todesschüsse an der deutsch-deutschen Grenze. Wir gaben uns ja lange Zeit dem Glauben hin, in einem entmilitarisierten Land leben zu können. Doch das war ein Irrglaube. Nicht einmal zehn Jahre nach dem Ende der Naziherrschaft marschierten wieder singende Soldaten durch die Straßen. In beiden deutschen Staaten hatten beide Armeen auch wieder Wehrmachtssoldaten in ihren Reihen, nur marschierten sie unter anderen Vorzeichen. Meine Freunde versuchten mich zu trösten, da sie alle meine pazifistische Haltung kannten. Ich erhielt als Teilzeitredakteurin bei der Tageszeitung „Neues Deutschland" einen Job und konnte wieder schreiben. Da ich noch gezeichnet war von meinen traumatischen Erlebnissen der letzten Jahre, versuchte ich, mich in meinen Reportagen auf Alltagsprobleme zu konzentrieren. Eine politische Stellungnahme war mir nicht erlaubt. Wenn ich mit unserer Gruppe zusammen saß, spürte ich deutlich deren Ablehnung aller westlichen Errungenschaften. Auch die Sprache änderte sich. Im Westen löste man sich vom Nazijargon, im Osten ließ man sich auf Stereotypen ein, die samt und sonders vom russischen Einfluss zeugten. Als ich einmal den Einwand machte, dass Bundeskanzler Adenauer in Russland immerhin die deutschen Kriegsgefangenen frei bekommen hatte, entgegnete man mir lautstark: „Daran kannst du sehen, wie großherzig Mütterchen Russland ist! Sie haben diese Weltverbrecher zurück ins Leben gelassen." Die Augen meiner Freunde funkelten, und ich wollte mich nicht unbedingt um Kopf und Kragen reden. Ich lebte in der Deutschen Demokratischen Republik, schaute aber vorurteilsfrei in die Bundesrepublik Deutschland. Wir lebten in einer Kommune zusammen. Jeder von uns hatte einen kleinen Nebenjob, um den bescheidenen Lebensunterhalt zu verdienen. Immer mehr Freunde und Bekannte arbeiteten im Westen, weil es dort mehr Chancen gab, sich zu betätigen. Ich war froh, im Ostteil Deutschlands zu leben, weil es dort ruhiger und beschaulicher war. Drüben war alles hektischer, unfreundlicher und egoistischer. Auch meine Freunde kamen frustriert aus Westberlin zurück „Luxus, überall nur Luxus! Das ganze Leben ist auf Konsum abgestellt. Hier ist es besser.“ Ob es hier besser war, konnte ich nicht entscheiden. Der russische Einfluss war zu stark. Die Rote Armee hatte den Volksaufstand niedergemetzelt. Die politischen Marionetten in unserem Land waren russische Befehlsempfänger. Und das System? Einheitspartei, Freie Deutsche Jugend, Fahnen, Marschmusik. „Die Partei hat immer Recht!“ Bei jeder Berührung mit dem System zitterte inzwischen mein Körper. Aus unserer Kommune fand ich Fritz Korb noch am vertrauenswürdigsten.

Wir erwischten uns immer öfter dabei, dass wir flüsternd und vorsichtig kommunizierten. „Mich erinnert hier alles an die Nazis, nur die Farbe ist anders. Unsere Oberen haben den Schuss nicht gehört. Das ist doch nicht das Deutschland, das wir wollten!" Fritz legte die Hand auf meinen Mund und flüsterte: „Sei ruhig, der Pistol ist in der Nähe! Der zeigt dich bei der Parteizentrale an." Ich wurde immer ruhiger und wunderte mich schon längst nicht mehr, dass Freunde einfach im Westen blieben. Das System drüben hätte mir auch nicht gefallen, also musste ich mich auf das Hier und Jetzt einlassen. Fritz versuchte mich noch zu überzeugen, mit ihm nach Russland zu reisen, um nach meinen Kindern zu suchen. Ich wollte das nicht, denn mir war noch nicht ganz klar, ob ich von dort auch wieder nach Hause fahren konnte. „Der Mensch ist ein Gewohnheitstier" – dieses geflügelte Wort hatte seine Bedeutung nicht verloren. Ich richtete mich auf meine gegenwärtige Situation ein. Ich blieb politisch interessiert, konnte die USA nicht leiden, obwohl ich

noch nie dort gewesen bin. Ich verstand
die BRD nicht, die sich so stark an diese
Weltmacht koppelte. Zugleich verstand
ich das Land nicht, in dem ich lebte, das
sich in gleicher Weise an Stalins Russland
koppelte. Ich akzeptierte zähneknirschend
beide ideologischen Machtblöcke und versuchte, mich durchzuschlängeln. In Berlin
gab es immer die Möglichkeit, sich im
Westen umzusehen, allerdings mit fatalen
Folgen. Auch in meiner Bekanntschaft
wurde der Drang, im Westen zu arbeiten
und zu leben, immer größer. Immer mehr
Menschen blieben drüben. War es der
Konsum, der lockte, oder die nach ameri-
kanischen Vorbild geprägte Lebensart?
Mittlerweile hatten wir ein Haus über-
nommen, somit hatte jeder nun sein eige-
nes Reich. Es war für uns ein stiller Rück-
zugsraum, um mit unseren Gedanken alleine zu sein. Erst als die Mauer errichtet
wurde und das System ein ganzes Volk
einsperrte, war es mit meiner Beschau-
lichkeit vorbei.

Das Versteck

Ich war entsetzt über die Berichte, die ich aus dem Westen erhielt, und auch über die Gegendarstellung aus meinem Land DDR. Wer lügt hier offensichtlich und wer sagt die Wahrheit? Es ging dabei um den Mauerbau, um die scharfen Reaktionen aus den USA und Russland und nicht zuletzt um die toten Menschen, die in den Westen flüchten wollten und auf ihrer Flucht erschossen wurden. Ich glaubte den Aussagen des Politbüros mehr als den manipulierten Halbwahrheiten von drüben. Sehr glaubwürdig erklärte man mir den antifaschistischen Schutzwall, der die negativen Tendenzen, wie Rauschgift, Kriminalität usw. aus dem Westen abhalten sollte. Vielleicht wollte ich alles nur glauben, um mein Dasein zu rechtfertigen. In meinem Kopf hämmerten die Gedanken stärker denn je, als Fritz Korb mich bat, ihm unauffällig zu folgen. Ein umgebauter Kellerraum im Hause seiner Tante wurde zu einem konspirativen Treffpunkt. Dort traf man sich zu Gesprächen, die nur eingeweihten Gruppen vorbehalten waren. Diesmal waren Fritz und ich alleine in dem Raum. „Warum schießen die nicht vorbei?" Eine Frage, die mir schon lange auf der Zunge brannte. „Das sind doch die eigenen Volksgenossen." Fritz nickte. „Ja, aber jeder kennt das Risiko, wenn er Republikflucht begeht." „Republikflucht? Ich möchte dort hingehen, wo ich hin will, und mir nicht sagen lassen, wo ich zu leben habe." Fritz zeigte auf den freien Stuhl. „Setz dich! Ich muss mit dir reden." Dieser Aufforderung kam ich sofort nach. „Du bist Redakteurin und schreibst gut. Du kannst auch so schreiben, dass man zwischen den Zeilen lesen kann. Mach doch einmal in einem deiner Artikel die Mauer zum Thema. Schreib ihn so, dass die Menschen wissen, was hier vor sich geht." „Was geht denn hier vor sich?" „Wir werden bespitzelt, Freunde hauen ab, das Politbüro ist diktatorisch, und mit realen Sozialismus hat das alles nichts mehr zu tun. Wir treffen uns hier. Dieser Kellerraum ist abhörsicher. Hier können wir reden." Ich verstand die Welt nicht mehr.

An die Volksarmee hatte ich mich gewöhnt, aber jetzt sollte sich die braune Farbe in Rot gewandelt haben, das konnte ich nicht glauben. Meinen Artikel, den ich am nächsten Tag schrieb, hatte die Überschrift „Völker, hört die Signale! Stellt bitte Eure Frage." Ich habe den Artikel diplomatisch und neutral geschrieben mit versteckten Anspielungen. Eigentlich hätte ich mit den Folgen rechnen müssen. Mein Redaktionsleiter rief mich am frühen Morgen zum Gespräch. „Den Artikel drucken wir nicht. Du lobst die BRD, obwohl es nichts zu loben gibt, und kritisierst das urdemokratische sozialistische System." Ich wollte seinen Redeschwall unterbrechen, doch er fuhr unbeirrt fort. „Du bist für unsere Zeitung untragbar. Das war heute dein letzter Tag. Jetzt kannst du gehen." Ich ging wirklich, und zwar zurück in den Kellerraum von Fritzens Tante. Es war unser Versteck, hier konnten wir reden und überlegen, wie es weiter gehen sollte. Was ist wichtig für uns? So fragten wir uns immer wieder. Wo lagen unsere Leidenschaften, wo die Art unseres Zu-

sammenlebens? Was wollten wir erreichen, und mit welchen Mitteln wollten wir
welche Lebensperspektiven durchsetzen?
Jetzt marschierte nicht nur die Volksarmee, auch die Freie Deutsche Jugend. War
sie denn so frei? Ist Gesang, Gleichschritt
und Gebrülle Freiheit? Mein ganzes Leben
hatte ich dagegen gekämpft, und das wollte ich auch weiterhin tun. Auf der Straße
versuchten wir, Menschen für unsere
Ideen zu gewinnen – wohlgemerkt, Menschen die wir kannten. Fremde anzuspre-
chen trauten wir uns natürlich nicht.
Abends saßen wir wieder in unserem Versteck.

Die Suchmeldung

Fritz Korb war ein sehr sachlicher Mann. Er war kaum aus der Ruhe zu bringen. Man konnte man ihn nicht recht einschätzen. Er ließ niemanden in sein Inneres blicken. Man musste versuchen, seine Worte richtig einzuordnen. Es kam aber der Tag, an dem ich Fritz nicht wiedererkannte. Im Versteck rief er völlig aufgelöst: „Sándorei, du wirst gesucht!" Ich erschrak, zitterte und dachte sofort an den russischen Geheimdienst. Fritz beeilte sich, Klarheit zu schaffen. „Im Westen gibt es jeden Tag im Radio die Suchmeldung. Vermisste Familienangehörigen werden von ihren Leuten gesucht. Ein Richard Müller sucht eine Frau, die sich Sándorei nennt, oder Judith Petrow." Ich musste mich setzen, wurde blass und war kaum fähig, zu antworten. „Richard lebt? Lebt in der BRD? Er sucht mich?", murmelte ich. „Ja, er sucht dich. Na komm, lass uns hinfahren!" Fritz legte seinen Arm um meine Schultern und schmunzelte. „Und wie? Wir kommen doch nicht mehr rüber." „Das ist es", rief Fritz, „wir kommen nicht mehr rüber, weil unser heißgeliebter Staat es verhindert!" Dann flüsterte er mir ins Ohr: „Ich gehe rüber und werde ihm sagen, wie es dir geht und wo du wohnst." „Wie willst du das machen?" Ich schüttelte den Kopf. „Uninteressant, du darfst nur niemanden davon erzählen. Kannst du schweigen?" Ich nickte und dachte bei mir: Das wird wieder so ein komischer Einfall von ihm sein. Das hat er bestimmt nicht ernst gemeint. Mir ging Richard nicht aus dem Kopf. Ich überlegte, wie ich dem Radiosender mitteilen konnte, dass er mich gefunden hatte. Dorothea hieß die Tante von Fritz. Sie gab mir den Kellerschlüssel, weil Fritz eine Reise angetreten hatte. Wohin, wusste sie allerdings nicht. Ich durfte ihr nichts sagen, weil ich Fritz versprochen hatte, zu schweigen. Es vergingen Wochen. Wir hörten von Fritz nichts mehr - keine Nachricht, kein Lebenszeichen, nichts. Unsere Nachforschungen verliefen im Sande. Dorothea hatte eine Nachbarin, die sie zweimal täglich betreute. Die Nachbarin war eine ältere, gehbehinderte Frau. Ihr Neffe durfte sie einmal jährlich besuchen. Dann steckte er ihr paar Süßigkeiten und kleinere Extras zu, die er über die Grenze geschmuggelt hatte. Als der junge Mann wieder einmal seine Tante besuchte, war auch Dorothea zur Stelle. Sie bat den jungen Mann, einmal zu recherchieren, ob Fritz vielleicht doch im Westen leben würde. Vielleicht war er geflüchtet. Auch bat sie ihn, Richard Müller zu kontaktieren, um ihm zu sagen, wo Sándorei jetzt lebte. Der junge Mann versprach, diese Wünsche zu erfüllen. Im Westen tat er dies auch sehr offensichtlich – mit Hilfe der Presse und einer Radioantwort auf eine entsprechende Suchmeldung. Dies blieb nicht ohne Folgen. Der Staatssicherheitsdienst verhaftete Dorothea und mich, hob unser Versteck aus, beschlagnahmte Dokumente und halbfertige Texte. Nach und nach bat man etwas unsanft unsere Freunde zum Verhör. Jetzt erfuhren wir auch, was mit Fritz geschehen war. Er wurde am Todesstreifen angeschossen, abtransportiert und sofort eingesperrt. Sein

Vergehen nannte man Republikflucht. Ich kannte Gefängnisse zur Genüge. In Bautzen wartete ich geduldig auf meinen Prozess. Die Suchmeldung hatte geholfen. Richard wusste, wo ich lebte. Vielleicht, so dachte ich, wird er mich wieder befreien – egal, in welcher Uniform.

Das Ende einer Illusion

Immer häufiger stellte ich mir die Frage, welchen kriminellen Akt ich begangen haben musste, dass ich keine Ruhe fand und dass mich kein Land als ein Mensch akzeptieren wollte, der ich nun einmal war. Ich wollte, dass die Menschen in Frieden und in Gemeinschaft in einer toleranten und offenen Gesellschaft leben können, um ihren Kindern eine Welt ohne Kriege zu hinterlassen. Mochte dieses Anliegen auch illusorisch, naiv oder tagträumerisch sein – war es nicht wert, dafür ohne Waffen und ohne Militär zu kämpfen? Ich musste in meiner Untersuchungszelle an die Geschwister Scholl denken, die Flugzettel verteilt hatten und dafür hingerichtet worden waren. Hatte es sich für sie gelohnt? Hatten sie ihr Leben für eine Illusion, für eine naive Einstellung verloren? Es gibt viele Beispiele in der Geschichte, wo Menschen aus Überzeugung für eine Sache eingestanden sind, die letztlich ihren Tod zur Folge hatte, weil sie sich einer Illusion verschrieben hatten.

Mitläufer gab es genug. Ganze Völker liefen irgendjemandem hinterher, der ihnen den Himmel auf Erden versprach. Ich musste mir eingestehen, dass es in unserer DDR nicht anders war. Jeden Tag und manchmal spät abends wurde ich zum Verhör geladen. Mein Verhöroffizier war kurioserweise unter dem braunen Regime ein überzeugter Hauswart gewesen. Auch er hatte nur die Farbe gewechselt, seine Persönlichkeit blieb unverändert. Er blätterte in meinen Akten, schüttelte den Kopf und sah mich aus bösen Augen über seine Nickelbrille an. „Sie haben eine richtige dicke Akte? Wie heißen sie?" „Steht doch da", antwortete ich trotzig. „Ich bin verpflichtet, Sie zu fragen." „Judith Petrow." „Was ist das für ein Name? Hier steht ‚Sándorei'."„So wurde ich in jungen Jahren von meinen Freunden genannt. Wohl gemerkt: von meinen Freunden. Für Sie heiße ich Judith Petrow. Mit wem habe ich es zu tun? Können sie sich auch ausweisen?" Der Offizier blieb äußerlich gelassen. „Hauptmann Trento. Nun zu ihnen! ‚Sándorei' war Ihr Name, als Sie als Spionin von einem deutschen Faschisten nach Russland geschmuggelt wurden, um das große stolze Sowjetreich zu schädigen. Dann sind Sie dort inhaftiert worden. Ein russischer Volksverräter hat Sie geheiratet und frei gekauft. Ihnen hat man die Kinder entzogen, um sie in ordentlichen Verhältnissen aufwachsen zu lassen. Nun sind Sie hier und versuchen, unser junges sozialistisches System zu verwunden. Ist das richtig? Oder habe ich etwas falsch gelesen?" Ich schüttelte den Kopf. „Wenn das da steht, wird es wohl stimmen. Ach so, da hätte noch stehen müssen, dass ich erst eine Nazihure und dann eine Russenhure war. So wurde ich immer bezeichnet, und das müsste auch so in meinen Akten stehen. Wollen Sie meine Version hören?" Herr Trento spielte mit seiner Brille in der rechten Hand. „Ihren Humor haben Sie nicht verloren. Nein, ich will Ihre Version nicht hören. Sie sollen auf meine Fragen antworten." „Wie lautet denn Ihre Frage?" „Ob das stimmt, was hier steht." „Nein!" Er nahm seinen Stift zur Hand und machte sich eine Notiz. „Ich schreibe jetzt: ‚Die

Angeklagte bestreitet die Aussagen in dieser Anklageschrift'. "Nun beugte er sich weit über den Tisch, sodass er mir genau in die Augen sehen konnte. „Was halten Sie von dem Land in dem Sie leben? Was gibt Ihnen unsere DDR?" Nun musste ich doch lächeln, als ich ihm Rede und Antwort stand. „Es gibt zwei deutsche Staaten. Den anderen Teil kenne ich nicht, darum kann ich nicht beurteilen, welcher Teil der lebenswertere ist." Die Stirn meines Verhöroffiziers legte sich in Falten. Sein Gesicht mutierte zu einer unansehnlichen Grimasse. Unbeirrt fuhr ich fort. „Sie nehmen doch meine Aussagen gar nicht zu Protokoll. Sie verlassen sich auf das, was da steht. Ich habe mich immer gegen Militär und Krieg gewehrt, mehr nicht." „Sie wollen also Ihr Vaterland schutzlos den Gegnern überlassen?" „Nein, weil die Gegner dann keine Feinde mehr sind." Hauptmann Trento rief seinen Untergebenen und machte eine abfällige Handbewegung. „Führen Sie die Frau wieder in ihre Zelle." So ging es einige Tage und Wochen weiter. Ich wurde gefragt, antwortete und wurde wieder abgeführt. Bei der ersten Gerichtsverhandlung wurde ich als Helferin bei Republikflucht verurteilt und musste ein Jahr in Bautzen absitzen. Als ich entlassen wurde, suchte ich meine Freunde auf, die noch in Freiheit waren. Es gab kaum noch welche, aber diejenigen, die noch erreichbar waren, warnten mich vor der Stasi. Sie hatten recht. Wieder wurde ich verhaftet, verhört und eingesperrt. Diesmal für zwei Jahre und bei der dritten Verhaftung für drei Jahre. Es war schon der Beginn der Achtziger Jahre. Ich musste trotz meines hohen Alters weiter einsitzen. Ich hatte mich daran gewöhnt und ertrug geduldig mein Schicksal. Ich lebte tagtäglich mit meinen Gedanken an Richard und an meine Kinder.

Ein Wechselbad der Gefühle

Richard hatte es tatsächlich geschafft.

Bis 1955 musste er in russischer Kriegsgefangenschaft bleiben. Sein Glück war die gleichzeitige Anwesenheit von Dr. Müller. Dieser Spezialist in allen medizinischen Fragen hatte Richard das Leben gerettet. Er behandelte bei ihm mit den primitivsten Mitteln einen fortgeschrittenen lebensbedrohlichen Wundbrand. Wenn er Operationen durchführen wollte, ging er zur Lagerleitung und legte einen Beschaffungszettel auf den Tisch. „Wenn Sie mir das Material nicht geben, dann nehme ich Hammer und Nägel", sagte er sehr eindringlich. Dann bekam er das, was er gefordert hatte. Die Entlassung nach zehn Jahren Strafhaft war für Richard nicht nur der Beginn eines neuen Lebens, sondern ein Erlernen neuer Bewegungsfreiheiten. Als er in Friedland ankam, wurde er nicht von Familienangehörigen begrüßt, wie viele seiner Landsleute. Er war allein, zog sein linkes Bein nach und quälte sich freundlich lächelnd durch die Menge, um sich im Aufnahmebüro registrieren zu lassen. Der freundliche Herr am Schalter sagte: „Suchen Sie Familienangehörige? Wir geben die Suche an den Suchdienst im Radio weiter." „Ja, ich suche Sándorei oder Judith Petrow." Richard bestieg den Bus Richtung Köln, weil dort angeblich noch Freunde von ihm lebten. Seine Eltern, seine Schwester und seine Freunde waren bei den Bombennächten in Berlin, Dresden und Köln ums Leben gekommen. Richard meldete sich beim Kölner Roten Kreuz, wo ihm Unterkunft und Verpflegung gegeben wurde. Richards Stolz bekam einen Dämpfer. Er schwor sich, so schnell wie möglich diese unselige Sinnkrise zu überwinden und sich wieder ans Licht zu katapultieren. Eines konnte man Richard getrost bescheinigen: Er besaß immer noch Kraft, einen starken Willen und Durchsetzungsvermögen. Er bezog eine kleine Hinterhofwohnung in Köln Deutz, schrieb sich in die neugegründete Universität ein und belegte das Fach Flugzeugtechnik. Er wollte es sich nicht eingestehen, aber immer häufiger erwischte er sich dabei, darüber nachzudenken, dass sein Leben in zweierlei Richtungen verlief. Einerseits wollte er sich beruflich qualifizieren, andererseits bestimmte die Suche nach Sándorei seine Tage. Die Freude war groß, als er von verschiedenen Seiten hörte, dass Sándorei in der DDR lebte. Es betrübte ihn zu hören, dass sie nun in ihrer neuen Heimat einsitzen musste. Er sagte zu sich: „Sie wird es nie lernen, im falschen Augenblick einmal die Klappe zu halten. So ist sie aber, und ändern wird sie sich auch nicht mehr." Von nun an arbeitete Richard wie besessen, sparte jeden Pfennig, um Sándorei freikaufen zu können. Er liebte Sándorei immer noch. Eine andere Frau würde ihr das Wasser nicht reichen können. Er blieb allein, war fleißig und versuchte, seinen Weg zu gehen. Sein Bein schmerzte weiter, schnell laufen konnte er nicht. Es fraß an seinem Körper. Richard war schwer angeschlagen. Er hatte an eine Sache geglaubt, die irrational war. Als junger Offizier war er einem Phantom hinterher gejagt. Als er seinen Irrtum erkannte, kam er für zehn Jahre in Haft. Danach musste er in einer für ihn unwirklichen Welt sein Leben neu organisieren. Woher er trotz seines fortgeschrittenen Alters die Kraft nahm, blieb selbst für ihn ein Rätsel. Richard las es in der Tageszeitung: In Berlin gab es eine Weltwirtschaftskonferenz. An ihr nahm auch eine russische Delegation unter der Leitung eines Michael Petrow teil. „Petrow", schoss es Richard durch den Kopf. Sándorei hieß auch Petrow. War es Zufall oder Vorsehung? Er wollte es wissen und reiste nach Berlin. Das Tagungsgebäude am Kurfürstendamm war streng abgeriegelt. Überall Wachleute, Sicherheitskräfte und Polizei. Richard schlängelte sich langsam an dem hohen Zaun entlang, bis er auf zwei Wachmänner traf, die Russisch miteinander sprachen. Richard konnte sich auf Russisch verständigen, trat den beiden Wachleuten entgegen und sagte: „Bitte, ich muss Michael Petrow sprechen. Rufen sie ihn." Ein Wachhabender packte ihn an der Schulter und rief „Убирайся", das übersetzt „verschwinde" heißt. Richard ließ nicht locker.

„Ich bin ein Verwandter von ihm, geben
sie ihm meine Visitenkarte." Dabei zog er
einen Zettel aus seiner Jackentasche und
einen Kugelschreiber. Schnell schrieb er
die Namen Richard Müller und Judith Petrow auf den Zettel und reichte ihn dem
russischen Sicherheitsbeamten. Dieser
ging mit dem Zettel ins Innere des Hauses,
wobei der Kollege dafür sorgte, dass
Richard nicht hinterherlaufen konnte. Es
dauerte eine Weile, bis der Mann zurück-
kam und Richard aufforderte, ihm zu folgen. Vor dem Haupteingang befand sich
eine zehnstufige Treppe. Der Wachmann
wies Richard an, unten stehen zu bleiben.
Michael Petrow erschien, kam die Treppe
herunter und hielt Richards Zettel in der
Hand. „Sie sind Richard Müller, der
Sándorei aus der Naziherrschaft befreite?"
Richard nickte. „Sind sie Sándoreis
Sohn?" Michael Petrow trat ganz nahe an
Richard heran. „Sie brauchen mir nichts
zu erzählen. Ich habe lange recherchiert
und bin über das Schicksal meiner Mutter
informiert. Halten sie die Füße still. Niemand darf wissen, dass sie meine Mutter

ist. Ich werde helfen. Sie hören von mir. Sie sind ein Freund der Familie." Er gab Richard den Zettel und sagte zu dem Wachhabenden: „Bringen sie den Mann zurück, es war ein Irrtum." Richard wusste nun, das Sándoreis Sohn nicht aufgeben würde, seine Mutter aus der misslichen Lage zu befreien. Er konnte sich nun ganz und gar seinen beruflichen Aufgaben widmen. Bis zu seiner Frühpensionierung leitete er einen Ausbildungsbetrieb für Flugzeugtechnik. Seine langjährige Assistentin war Susanne Sievers. Sie unterstützte ihn nicht nur beruflich, sondern regelte auch seine privaten Angelegenheiten. Obwohl sie sehr eng miteinander waren, blieb doch immer eine gewisse Distanz. Seit seiner Jugendzeit in Chemnitz hatte er Sándorei nie vergessen, sie immer geliebt, obwohl sie eine politisch Andersdenkende war. Vielleicht hatte ihretwegen eine andere Frau keinen Platz in seinem Herzen. Susanne Sievers jedenfalls wusste das und fand sich damit ab. Sie erledigte seinen Haushalt und war immer zur Stelle, wenn Not am Mann war. Die zehn Jahre Kriegsgefangenschaft waren nicht spurlos an ihm vorübergegangen. Mehrmals brach seine Wunde am Bein auf, Infektionen und Venenprobleme machten ihm zu schaffen. Auch mit den anderen Organen haderte er. Sie fühlten sich an wie Fremdkörper. Obwohl beruflich gefordert, musste er dennoch diverse Ärzte aufsuchen, die ihm nutzlose Therapien verschrieben. Es war einige Monate vor dem Mauerfall im Jahre 1989, als er die Nachricht erhielt, dass er unter Magenkrebs im fortgeschritten Stadium litt. Er nahm die Diagnose hin, denn er hielt sich für alt genug, um gehen zu dürfen. Susanne Sievers nahm ihn in den Arm und fragte. „Ich bin bei Dir, hast du noch einen besonderen Wunsch?" „Ja, aber den Wunsch kannst du mir nicht erfüllen. Ich möchte Sándorei noch einmal sehen." So saß er nun eingehüllt in Decken und schaute auf den Fernsehbildschirm. Er sah die Montagsdemos in der DDR, vernahm in den Abendsendungen die Kommentare der Experten und fand diese Zeit die spannendste seines ganzen Lebens. Richard hoffte sehr, dass es ihm

noch vergönnt war, mit Sándorei zu sprechen, sie nur noch einmal in den Arm zu
nehmen.

Der große Auftritt

Michael Petrow hatte es verstanden, seine deutsche Abstammung zu verdrängen, soweit er öffentlich gefordert wurde. In ihm aber brodelte es. Er konnte den Tod seines Vaters und das Schicksal seiner Mutter sowie das tragische Ende seiner Schwester nicht vergessen. Niemandem aus seiner Familie konnte er helfen. Einerseits war er zu klein , andererseits waren ihm die Hände gebunden. Es blieb ihm nun nichts anderes übrig, als das Schicksal seiner Mutter aufzuklären und ihr – falls sie noch leben würde – einen altersgerechten Ruhesitz zu verschaffen, und sie mit Richard zusammenzubringen. Es machte ihn glücklich, dass seine Frau Uljana fest an seiner Seite stand. Die Familienplanung fiel seiner Karriere zum Opfer. Beide waren sich einig, keine Kinder in die Welt zu setzen. Uljana recherchiere privat nach Sándorei, während Michael beruflich immer weiter aufstieg. Er stand dem russischen Wirtschaftsministerium sehr nahe und besaß eine Kontrollfunktion über viele staatseigene Kombinate und Einzelunternehmungen. Sein Lieblingsprojekt war, ein marodes Stahlkombinat in der DDR zu übernehmen, das er reformieren wollte. Diesen Plan trieb er eiligst voran und bekam auch die Zustimmung aus dem Ministerium. Nun war auch er in der DDR angekommen. Mit wenigen Mitarbeitern versuchte er sein Projekt zu realisieren. Er wollte die Jahresvorgaben erfüllen und möglichst noch weiter expandieren. Wenn einer seiner Mitarbeiter nicht spurte, tauschte er ihn aus. Ehrgeizig und getrieben von der hohen Erwartung setzte er in brutaler Weise seine Forderungen um und ging immer mit gutem Beispiel voran. Aufgrund dieser wilden Entschlossenheit blieb ihm kaum noch Zeit für die kleinen und großen Freuden seiner Frau. „Du verlierst dich", sagte sie zu ihm, und er antwortete barsch: „Ich will die Auszeichnung zum Betrieb des Jahres, dann kommen die DDR-Größen zu mir. Was danach kommt, ist mir egal." So setzte er seinen Rhythmus fort, Tag für Tag und Nacht für Nacht. Uljana sah mit Sorge dem Treiben ihres Mannes zu, ließ ihn aber gewähren. Einmal schien sein gut durchdachtes Konzept zu scheitern. Er erhielt den Auftrag, in den Vereinigten Staaten von Amerika den russischen Botschafter in Wirtschaftsfragen zu unterstützen. Diese Aufgabe hätte seinen ganzen Plan durcheinandergebracht. In Russland lehnte man eine höhere Aufgabe nicht ab, das widersprach dem Nationalgefühl. Michael sprach im Ministerium vor und ließ sich auf ein riskantes Manöver ein. „Ich verspreche euch, liebe Genossen, den Betrieb in der DDR noch dieses Jahr zu Russlands Aushängeschild zu machen. Was ist euch mehr wert: eine beratene Position beim Klassenfeind oder eine große Imageverbesserung Russlands, das sich in der ganzen Welt Gehör verschaffen wird?" Das waren überzeugende Worte, bargen jedoch ein hohes Risiko. Nun war er gezwungen, den Erfolg nachzuweisen. Für die USA fand man einen anderen Mann. Michael und Uljana ließen sich auf dieses Risiko ein. Er kämpfte verbissen vierundzwanzig Stunden täglich, um seinen Vorstellungen gerecht zu werden. Uljana blieb nichts anderes übrig, als ihm den Rücken freizuhalten. Der Druck überforderte ihn. Er bekam Magenschmerzen, Herzrasen und Langzeitmigräne. „Du musst zum Arzt", bilanzierte seine Ehefrau und erntete ein Kopfschütteln. „Ich kann nicht, muss weitermachen." So schleppte er sich zur Arbeit, delegierte seine Mitarbeiter und trieb sie weiterhin an. Es kam der Zeitpunkt, als er über seinem Schreibtisch zusammenbrach. Ärzte wiesen ihn in eine Klinik ein und versetzten ihn in ein künstliches Koma, damit er die Welt um sich herum vorerst vergessen konnte. Uljana war jetzt am Zug. Sie trommelte die Mitarbeiter zusammen, stellte sich in der Halle auf einen Stuhl und rief. „Euer Boss liegt im Krankenhaus, getrieben davon, seine Ziele und die Ziele Russlands zu erreichen. Bitte beweist ihm, dass nicht alles umsonst war. Kämpft, mobilisiert eure Kräfte! Zeigt ihm, dass ihr gewillt seid, seine, unsere und eure Ziele zu erreichen. Versprecht es mir, und ihr werdet es nicht bereuen!" Sie versprachen es und handelten auch danach. Nachdem Michael aus der Klinik entlassen wurde, eilte er unverzüglich in sein Büro und ließ sich die Zahlen vorlegen. „Über Soll mit einem hohen Plus zur Vorgabe", bilanzierte er. Michael war gerührt und wollte sich bei jedem Mitarbeiter persönlich bedanken. Dann überreichte er stolz und selbstbewusst seine Bilanz dem Moskauer Politbüro. Die dort ansässige Wirtschaftskommission gab ihre Order an die DDR-Führung weiter. „Dieser Betrieb muss als bestes Unternehmen des Jahres ausgezeichnet werden." So geschah es auch. Michael bekam eine Einladung nach Berlin in den Palast der Republik. Dort saßen in der ersten Reihe alle DDR-Größen, angefangen bei Erich Honecker, Mielke bis hin zum kompletten Politbüro. Dr. Hafinger hielt die Begrüßungsrede. Danach überreichte der Staatsratsvorsitzende dem ganz in Blau gekleideten Michael Petrow die Fahne der Arbeit und die Urkunde. Michael trat an das Mikrofon und begann seine Dankensrede. Er begann mit den Worten: „Liebe Genossen, ich danke euch für die Ehre, die ihr mir erweist. Ohne meine großartigen Mitarbeiterinnen und Mitarbeiter hätte ich es nie geschafft." Er vermied in seiner Rede, das Politbüro gesondert zu nennen, und fuhr fort: „Zum Ruhme Russlands und zur Größe unseres Partners der DDR haben wir gearbeitet, um den Stolz und die Leistungsfähigkeit unserer Länder in alle Welt zu tragen. Die Stärke unserer Wirtschaftskraft wird in den sozialistischen Ländern ein Vorbild sein." Es folgte eine kurze Pause, während derer Michael ohne innere Anteilnahme den Applaus entgegennahm. Dann sagte er: „Erlauben Sie mir bitte eine persönliche Bemerkung. Wie kann es angehen, das ein erfolgreicher Wirtschaftsführer, der sein Land vorbildlich vertritt, auf der Suche nach seiner betagten Mutter ist?" Nun legte er keine Pause mehr ein, sondern fuhr mit erhobener Stimme fort. „Ich musste erfahren, dass meine unschuldige Mutter in den Gefängnissen dieses Landes sitzt und zurzeit in Bautzen ein tristes Dasein führt. Genau diese Tatsache schmälert meine Leistungskraft, und zwangsläufig durchkreuzt es unsere gemeinsamen Ziele. Ich danke euch für die Ehre, die ihr mir erwiesen habt." Er verließ das Rednerpult und nahm in der ersten Reihe Platz. Der Applaus behielt seine Stärke, als hätte er die letzten Sätze nicht gesprochen. Als hätte Michael eine Vorahnung gehabt. Er blieb in seiner Berliner Wohnung, und niemand konnte ihn dazu bewegen, das Haus zu verlassen. Auch Uljana scheiterte bei dem Versuch, ihn für einen längeren Spaziergang zu motivieren. Gerade als sie den frischen Kaffee servieren wollte, klingelte es an der Haustür. Nun kam Bewegung in Michael. Er sprang aus dem Sessel und riss die Tür auf. Dort stand sie nun, die kleine, schmale Frau, die sich Sándorei nannte. „Mutter?" Michaels Frage stolperte, und im Hintergrund hörte man das Klirren einer zerbrochenen Tasse, die Uljana aus der Hand gefallen war. „Mutter", wiederholte Michael diesmal mit gefestigter Stimme. Nun muss ich wieder für mich selbst sprechen. Ich nickte und breitete meine Arme aus. Alle Dämme brachen. Michael, Uljana und ich lagen uns in den Armen. Wir weinten. Jetzt war

Zeit für Tränen. Sie flossen lange. Nachdem wir uns etwas beruhigt hatten, saßen wir an der Kaffeetafel. Ich erfuhr von dem tragischen Tod meiner Tochter. Michael sagte: „Mutter, meine ganze Karriere, mein ganzes Leben in diesem verdammte Russland diente nur dazu, dich zu suchen und zu finden. Nie konnte ich dem Staat den Tod meines Vaters verzeihen. Nie kam ich über den Verlust meiner geliebten Schwester hinweg. Dich zu finden war mein Ziel, und ich bin so glücklich, es erreicht zu haben. Auf dieser Suche nach dir fand ich meine Frau." Er lächelte Uljana an, nahm ihre Hand und streichelte sie sanft. Ich sah mich im Raum um. „Wie geht es jetzt weiter, mein Junge? In welchem Gefängnis werde ich nun wieder landen?" Michael erschrak. „Nie wieder, Mutter, wird dich jemand einsperren. Nie wieder!" Dann erzählte er mir von Richard, der in Köln lebte und mich so gerne wiedersehen würde. „Wir fahren hin", lachte Michael, „und du kannst den Westen kennen lernen. Wir kaufen dir auch etwas Schönes." „Dürfen wir denn rüber?" „Wir ja, die anderen nicht. Ich habe einen Diplomatenpass und darf in den Westen reisen. Anschließend fahren wir nach Russland. Ich versprach meiner Schwester, das du den Boden berühren wirst auf dem ihre Asche ruht." So fuhren wir ein Jahr vor der Wende unbehelligt in die BRD mit dem Ziel Köln, um Richard wiederzusehen. Ich schüttelte den Kopf und staunte. So unwirklich kam mir die Welt vor, in die wir fuhren. Die vielen unterschiedlichen Autos auf den Straßen, der Lärm, die Glitzerwelt der Leuchtreklamen, halbnackte Mädchen in den Schaufenstern und die aggressive Werbung dafür, Geld auszugeben. Dann wiederum sah ich Menschen auf der Straße sitzen, die mit einem Hut vor sich um kleine Pfennige bettelten. Was für eine Welt war das? Sie ängstigte mich. Nun hatte ich meinen Sohn an meiner Seite, der sich durch diese Welt bewegte, als hätte er sie selbst erschaffen. Uljana ist in Berlin geblieben. Susanne Sievers öffnete die Tür, als wir in Köln das Ziel erreicht hatten. Wir sahen in ein verweintes Gesicht. „Wer sind

Sie?"„Sándorei. Wir wollten zu Richard."
Die Augen der Frau weiteten sich, und sie
flüsterte: „Richards große Liebe? Sie
kommen zu spät, er wird sterben. Heute,
Morgen, oder er ist schon tot. Ich weiß es
nicht. Er will niemanden sehen, vielleicht
noch Sándorei. Fahren sie hin, er liegt auf
der Palliativstation im Stadtkrankenhaus."
„Auch Sie kommen mit", warf Michael
ein, und so fuhren wir alle gemeinsam ins
Krankenhaus. Lieber Gott, sagte ich zu
mir, lass ihn noch am Leben. Ich will ihn
noch einmal sehen. Ich hätte ihn nicht
wiedererkannt. Abgemagert zu einem Ske-
lett, mit geschlossenen Augen und lang-
samer Atmung lag er in seinem Bett, zu-
gedeckt mit einer leichten geblümten De-
cke. Ich beugte mich zu ihm herab. Meine
Tränen fielen auf sein Gesicht, als er
plötzlich die Augen öffnete. „Du bist es?
Sándorei? Sind wir schon im Himmel?"
„Nein Richard", antwortete ich leise, „ich
wollte dich noch einmal sehen." Er versuchte, meine Hand zu ergreifen, schaffte
es aber nicht. So nahm ich die seine, und
er sagte: „Du warst die Liebe meines Le-

bens. Ich war ein Narr, dich nicht zu halten. Hättest du mich lieben können?" Ich streichelte seine Wange. „Wer sagt dir, dass ich es nicht getan habe? Wir sehen uns wieder. Draußen wartet Susanne, sie liebt dich. Lass sie zu dir und trockne ihre Tränen. Leb wohl Richard, du bleibst in meinem Herzen." Ich eilte von Richards Sterbebett nach draußen und schickte Susanne ins Zimmer. Mein Sohn nahm mich in den Arm und ich weinte bitterlich. Nach kurzer Zeit kam Susanne wieder zu uns. „Er ist gegangen, mit einem Lächeln auf den Lippen. Danke, Sándorei, dass du es noch geschafft hast, ihm den Abschied zu versüßen." Michael und ich fuhren nach Russland. Ich wollte es zuerst nicht. Zu tragisch waren meine Erinnerungen an dieses Land. Ich wollte aber dem Versprechen, das Michael seiner Schwester gegeben hatte, nicht im Wege stehen. So stand ich schließlich auf dem Boden, auf dem die Asche von meiner Tochter ruhte. Ich nahm die Erde in beide Hände, küsste den Sand und sagte: „Ruhe in Frieden, mein Schatz, und warte, bis wir uns alle wiedersehen." Zurück in der DDR bezog ich auf dem Nachbargrundstück ein kleines Häuschen. Michael und Uljana betreuten mich und schauten täglich nach mir. Ich war endlich glücklich. Glücklich, einen solchen Sohn und eine solche Schwiegertochter zu haben. Ja, ich war zum zweiten Mal in meinem Leben glücklich. Einerseits war ich froh, wieder in meiner Heimat DDR zu sein, andererseits befremdete mich die zunehmende Unzufriedenheit meiner Landsleute. Mir blieben die Montagsdemos nicht verborgen. Ich fragte mich ständig, was die Menschen wollten. Ein Leben in der Glitzerwelt, in der Ellenbogengesellschaft oder ein maßvolles Leben in unserer beschaulichen kleinen Welt. Rufe wie „Wir sind das Volk" oder „Wir wollen zur D-Mark" irritierten mich immer mehr. Ich war zu alt, um wieder auf die Straße zu gehen. Wogegen sollte ich auch demonstrieren? Es gab hüben wie drüben Militär, und die Rüstungsindustrie hatte auf beiden Seiten Hochkonjunktur. Also, was wollten die Leute? Ich wollte nicht in den Westen. Ich versuchte, mich mit meiner leiden-

schaftlichen Schreiberei in eine friedliche
Welt zu versetzen. Dennoch wurde ich
immer wieder eingeholt von den lärmen-
den Menschen, die „Wir sind das Volk"
riefen. Ich hatte Angst, es würde eskalie-
ren. Die Volkspolizei stand Gewehr bei
Fuß und wartete auf das Zeichen aus dem
Politbüro. Die Zeichen blieben aus, dafür
gab es fernsehgerechte Rücktritte. Wir
klebten förmlich vor dem Fernsehgerät,
denn auf die Straße trauten wir uns nicht.
Es kam, wie es kommen musste: Die
Mauer fiel, und mit dem Mauerfall fiel
auch der zweite deutsche Staat, und es fielen meine Hoffnungen und Sehnsüchte.
Bei jeder Veränderung landete ich im Gefängnis. Ich fragte mich, ob ein vereintes
Deutschland mich unbehelligt ließ oder ob
ich die letzten Jahre wieder einsitzen
musste. Michael versuchte, mir die Vortei-
le eines gemeinsamen Deutschland zu erklären und gab sich dabei sehr viel Mühe.
Überzeugen konnte er mich nicht. Die
Einheit war nicht mehr aufzuhalten. Die
Menschen feierten auf den Straßen, in den
Wohnungen und in den Zentralen der

Macht. Sie feierten bis in den Januar hinein, so glücklich waren meine Landsleute, dass sie den verhassten Sozialismus los waren. Dabei hatten Marx und Engels etwas anderes gemeint als das, was der Stalinismus daraus gemacht hatte. Kaum waren alle Feierlichkeiten verklungen, klingelte es an meiner Haustür, und ein gut gekleideter Herr aus Düsseldorf stand vor mir. Er erklärte mir unmissverständlich, dass er der alte Hausbesitzer sei und sein Recht am Eigentum geltend machen wollte. Ich bekam eine Räumungsklage. Michael prüfte den Sachverhalt und musste zugeben, dass der Düsseldorfer recht hatte. Von nun an lebte ich im Haus meines Sohnes. Er baute für mich das Gartenhäuschen aus, das ich nun bewohne und hoffentlich bis zu meinem Tode weiter bewohnen darf.

So, mein lieber Freund, das war in Kürze meine Geschichte. War sie denn so interessant für Sie, dass Sie unbedingt darüber schreiben wollen? Die Erinnerungen haben geschmerzt. Nun bin ich müde. Machen Sie es gut.

Epilog

Kann man ein kompliziertes Leben auf einigen wenigen Seiten beschreiben? Wird man dem Schicksal dieser Frau gerecht, wenn man ein Leben nur grob umschreibt? Ich glaube nicht! Dennoch haben mich Sándorei und ihr Sohn fasziniert. Ich habe in der Erzählung die Namen geändert sowie Ortsnamen und Straßenbezeichnungen verändert, um keinen realen Bezug herzustellen. Ich entspreche damit dem Wunsch von Sándorei. Es hat lange gedauert, bis ich diese kleine neunzigjährige Frau, ihren Sohn und seine russische Frau kennenlernen durfte. Es hat noch länger gedauert, bis sie mir ihre Geschichte erzählte. Mein Freund und seine Familie, die ich nach dem Mauerfall regelmäßig im Erzgebirge besuchte, brachten mich mit der Familie Petrow (Name geändert) zusammen. Nachdem sie sich an mich gewöhnt hatten, bekam ich aus ihrem Munde die Geschichte zu hören. Nun habe ich vor einem Vierteljahr auch meinen Freund zu Grabe getragen. Sándorei starb vor fünfzehn Jahren in ihrem kleinen Gartenhäuschen. Sie war friedlich eingeschlafen. Sie musste nicht mehr erleben, wie ihr Sohn an seiner schweren Magenerkrankung starb, zwei Jahre nach ihrem Tod. Was wurde aus seiner Frau Uljana? Niemand weiß wirklich etwas. Sie hatte ihr Berliner Haus verkauft und ist – so mutmaßt man –zurück nach Russland gegangen. Dort versandet ihre Spur. Jedes Mal, wenn ich den Osten Deutschlands fahre, denke ich an Sándorei. Ich denke an ihre Hoffnungen und Sehnsüchte, an ihren Kampf für Antimilitarismus, Frieden und Freiheit. Ich denke dabei an eine Welt, die es nie geben wird. Es hat aber Menschen gegeben, die daran glaubten, die ihr Leben dafür eingesetzt hatten. Eine Welt ohne Kriege. Die Sehnsucht danach bleibt in uns bestehen. Die Rufe danach werden immer erschallen. Es muss aber auch Menschen geben, die sich für den Weltfrieden einsetzen, abseits jeder Ideologie. Menschen wie Sándorei.

Autor

Bernd Rosarius *1945,
lebt in Lage/Lippe (NRW)

Nach seiner aktiven beruflichen Tätigkeit
als Textilkaufmann/staatl. gepr. Betriebs-
wirt publizierte er die ersten Werke.

Er schreibt Gedichte, Geschichten und
Romane.

Er ist Gründer und Administrator des
intern. Literatur u. Künstlerforums „Gar-
ten der Poesie" www.garten-der-poesie.de

Weitere Publikationen:

Gedichte
Sturmwind - Gedankliches Inferno 2005

Eiszeit - Die Gewohnheit zu Besuch 2006

Über den Tellerrand …
…fließen die Gedanken 2007

Ich wurde gestellt in diese Welt…
50 Jahre Gedichte (Jubiläumsband) 2013

Gedichte/Kurzgeschichten
Tagtraum in mir 2012

Erzählungen
Sándoreis Weg 2015

Romane
Nur ein Brief 2009
Nicht wie du, Vater 2016